La memoria

1112

DELLO STESSO AUTORE

Il ragazzo che leggeva Maigret
La casa di ringhiera
Gli scheletri nell'armadio
Il segreto di Angela
Il caso Kakoiannis-Sforza
L'uomo con la valigia
Morte di un ex tappezziere
Commedia nera n. 1
Sei storie della casa di ringhiera
L'errore di Platini
La clinica Riposo & Pace. Commedia nera n. 2

nella collana «Il contesto»

Il correttore di bozze
Il superstizioso
Prenditi cura di me
Piccola enciclopedia delle ossessioni

Francesco Recami

Il diario segreto del cuore

Sellerio editore
Palermo

e-mail: info@sellerio.it
www.sellerio.it

Questo volume è stato stampato su carta Palatina prodotta dalle Cartiere di Fabriano con materie prime provenienti da gestione forestale sostenibile.

Recami, Francesco <1956>

Il diario segreto del cuore / Francesco Recami. - Palermo : Sellerio, 2018.
(La memoria ; 1112)
EAN 978-88-389-3854-2
853.914 CDD-23 SBN Pal0309453

CIP - *Biblioteca centrale della Regione siciliana «Alberto Bombace»*

Il diario segreto del cuore

Un critico tu sei dotto e sottile
E l'implacabil tua penna famosa
Crivella l'umilissima mia prosa
Come la punta d'un adunco stile;

E sei poeta arguto alto e gentile,
E in bella forma altera e disdegnosa
Sveli dell'arte ogni ragion più ascosa
All'intelletto della gente vile;

E tutto abbracci e scruti e intendi e sai...
Solo una cosa a intender non sei giunto
Né intenderla t'è dato ora né mai;

Ora né mai (la vil frase perdona)
Tu non potrai capir fino a che punto
Io mi strafotto della tua persona.

EDMONDO DE AMICIS, *A un critico*, 1881

Fatti, persone, luoghi, date, nomi e circostanze presenti in questo libro sono di pura invenzione. Persino il sottinteso e il non detto non hanno alcun riferimento con la realtà.

La casa di ringhiera è deserta

Donatella Giorgi abitava nell'appartamento 15 della casa di ringhiera di via *** civico 14. I suoi due bambini erano a scuola, e lei non era al lavoro perché disoccupata.

Ottobre è il mese in cui si va a scuola. Cioè, lo era. Un tempo le scuole cominciavano il primo di ottobre, ma adesso aprono a settembre, con grande disappunto degli studenti e del corpo insegnante, perché «quella che gli insegnanti fanno tre mesi di ferie è una balla colossale», a quanto dicono gli insegnanti stessi. Ai genitori invece, soprattutto a quelli meno abbienti, non risulta affatto scomodo che i ragazzi inizino ad andare a scuola fin da metà settembre. Molti genitori di compagni di classe dei figli di Donatella erano scandalizzati anche che le scuole cominciassero a metà settembre per chiudere a metà giugno: «Ma siamo in Europa o no?». «Qui siamo nel Medioevo». Insomma si auguravano che le scuole iniziassero prima e finissero dopo. Curiosamente erano pressappoco gli stessi che inveivano contro una scuola che carica i bambini di compiti, di test, di interrogazioni, quando l'apprendimento dovrebbe essere un gioco, un passatempo, un divertimento.

Sta di fatto che oggi come oggi a ottobre l'attività scolastica «entra nel vivo». Gli insegnanti forzano la mano sul programma didattico, in sostanza si comincia a fare qualcosa.

In quell'ottobre a cui ci stiamo riferendo nella casa di ringhiera di via *** 14 non si era ancora tornati alla normalità, dopo l'orrenda morte violenta a cui era andato incontro l'inquilino Amedeo Consonni, dell'appartamento 8, trucidato da una squadra di killer proprio nella corte.

L'evento aveva provocato un sussulto negli equilibri condominiali. Adesso l'appartamento del Consonni era vuoto, abbandonato nelle stesse identiche condizioni in cui era il giorno che il proprietario aveva alzato lo sguardo per osservare i ballatoi per l'ultima volta.

Ma l'appartamento del Consonni non era l'unico ad essere vuoto. C'era anche quello della ex professoressa Mattioli Angela, per l'appunto legata da una relazione sentimentale al Consonni. Anche lei non aveva più il coraggio di frequentare quei ballatoi ed era andata ad abitare altrove, si diceva in Liguria, ma non v'era certezza.

In realtà tutto il condominio era semiabbandonato.

Non vale la pena di parlare degli appartamenti 6 e 7 di proprietà dell'architetto Du Vivier e consorte che ufficialmente erano ancora in restauro, anche se i lavori erano fermi da più di un anno. L'appartamento 9 era vuoto perché il signor Antonio, di professione manovale, era da tempo in Germania. Di sotto i locali di proprietà della signora Xing erano sempre serrati, praticamente inutilizzati.

Negli ultimissimi tempi poi erano intervenuti altri elementi di desolazione. Per esempio il cosiddetto appartamento Senza numero, che abitualmente ospitava dei peruviani, in un numero indefinito e variabile ma comunque alto, era stato abbandonato dalla sera alla mattina dall'intera comunità, che comprendeva, approssimativamente, sei o sette donne lavoratrici – badanti, cameriere, donne delle pulizie –, quattro o cinque maschi, con profili occupazionali incerti e che seguivano i destini professionali delle suddette donne lavoratrici con occhio di riguardo, e una mezza dozzina di bambini e ragazzi, tutti regolarmente iscritti alle scuole elementari del quartiere, di indole chiassosa ed esuberante.

Adesso che non c'erano più la loro assenza si faceva sentire, e non era una sensazione positiva, nonostante tutte le lamentele pregresse sul comportamento e sullo stesso numero dei peruviani da parte di alcuni inquilini.

In più era vuoto anche l'appartamento 5, quello occupato dal Luis De Angelis, che si era assentato per un lungo periodo. Non aveva lasciato recapiti, era partito con due valigie, infilate a pressione nell'esiguo bagagliaio della sua BMW spider Z3 roadster, forse diretto da certi suoi parenti meridionali in Piemonte.

Non si sapeva perché il De Angelis se ne fosse andato, e per un periodo così lungo. A dir la verità erano venuti anche i carabinieri a cercarlo, almeno due volte. In quali pasticci era finito? C'era forse di mezzo suo nipote Daniel, un arruffone che negli ultimi tempi si era notato mettere il naso nella casa di ringhiera, nonostante suo zio Luis lo vedesse come il fumo negli occhi? Si sarebbero potute chiedere informazioni all'inquilina Mattei-Ferri, dell'appartamento 12, senz'altro la più informata del condominio, ma non era presente nemmeno lei.

Abitualmente in quel periodo si concedeva una vacanza (pagata dalla ASL) alle terme di Salsomaggiore. Quindi non bazzicava la casa di ringhiera, almeno per questioni di lavoro, nemmeno il suo badante, evidentemente in ferie anche lui. Strano no? Un badante maschio, né cingalese né filippino bensì italiano, e per di più neanche giovanissimo, più vicino ai 50 che ai 40. Ma sull'identità di questo badante, connesso in qualche modo proprio alla famiglia Giorgi, torneremo in seguito.

E quindi nel condominio erano rimasti solo i Giorgi dell'appartamento 15, vale a dire la signora Donatella e i figli Gianmarco (anni 13 e mezzo) e Margherita (anni 11 da compiere).

In quel momento Donatella stava rientrando in casa dopo aver fatto la spesa, una misera spesa da 17 euro e 65 centesimi, interamente contenuta in un unico sacchetto biodegradabile che si era già rotto.

Per Donatella Giorgi era una sensazione strana e desolante rientrare nella casa di ringhiera: non c'era nessuno con cui scambiare due parole, chiedere un consiglio o velatamente un piacere. La vita condominiale, così brutalmente interrotta, di norma le risultava nient'altro che una rogna, perché tutti regolarmente le chiedevano interessati notizie delle sue sfighe, delle condizioni del marito, se stava andando avanti la separazione legale, se aveva trovato un altro lavoro. Lo facevano solo per rompere i coglioni: lei svicolava ma tanto lo sapeva di essere sulla bocca di tutti. Però adesso qualcosa le mancava. Non è che se nessuno ti chiede niente la tua situazione migliora, questo Donatella ebbe modo di capirlo. E in parte quell'interesse per le sue sfighe adesso le mancava.

Però i suoi problemi principali non riguardavano ciò che accadeva al di fuori delle mura domestiche, bensì ciò che accadeva al loro interno. E non era una novità.

Viste da fuori le situazioni familiari appaiono sempre un po' meglio di come risultano da dentro, nonostante l'impegno che ci mettono alcune persone nell'immaginare magagne che dal di fuori non si vedono, o si intravedono e basta. E se la situazione della famiglia Giorgi non pareva granché neanche vista dal di fuori, a parte il fatto che adesso nella casa di ringhiera non c'era più nessuno a osservarla, figuriamoci dal di dentro. E dire che negli ultimi tempi c'erano stati alcuni miglioramenti, rispetto alle difficoltà passate e recenti, figuriamoci.

La famiglia era stata rovinata dall'inveterato alcolismo del capofamiglia, Claudio, marito di Donatella e padre di Gianmarco e Margherita. Claudio, per i suoi disgraziati comportamenti fuori controllo, che sfociavano nella violenza nei confronti soprattutto della moglie e anche dei figli, era stato allontanato dal giudice dal suo appartamento di residenza. Dopo varie vicissitudini familiari, ospedaliere e legali era stato seguito in una terapia di detox assistita, e quindi inserito in una casa famiglia fra Gorla e Crescenzago.

Comunque aveva perso il lavoro, la dignità, il rispetto, ed era finito sulla soglia della catastrofe, che peraltro travolse anche la famiglia, essendo che Donatella si era venuta a trovare priva di redditi, né da lavoro né, ma pensa te, da rendite.

Anni addietro, quando il Claudio lavorava come informatico in una ditta di trasporti, guadagnava circa 2.150 euro al mese per tredici mensilità e mezzo. La moglie aveva un posto presso una ditta di catering aziendale – portavano il pranzo a piccole mense diffuse – e, con un contratto a tempo determinato (rinnovato due volte l'anno) arrivava a prendere 1.200. Sembra un'esagerazione ma a Milano con una famiglia di quattro persone e un bilancio di quasi 3.400 euro al mese non è che si fanno follie, ma si può vivere dignitosamente, nonostante il mutuo da pagare. Con un po' di attenzione si riescono a comprare i libri scolastici e ci si può permettere anche una vacanza al mare, probabilmente sulla riviera romagnola, non certo in Liguria o in Versilia.

Per via dell'alcol Claudio aveva finito per perdere il lavoro. L'azienda per cui lavorava, viste le sue condizioni, prima gli dette un periodo di aspettativa, sperando che questo gli fosse sufficiente a rimettersi in carreggiata. Quando lui tornò al lavoro il suo incarico cambiò, diventando quello di magazziniere. Non durò molto, Claudio era totalmente inaffidabile. Creava situazioni imbarazzanti, beveva anche in ditta. Fu definitivamente allontanato la seconda volta che fu trovato urlante e seminudo in segreteria mentre minacciava con un taglierino la Cerutti Laura, anni cinquantanove.

Tutto ciò durò mesi se non anni, con tentativi inframezzati di detossificazione, parziali recuperi e affondamenti in abissi sempre peggiori.

Per un lungo periodo fu Donatella a tenere con sé i figli e a trovare rifugio da suo fratello Corrado. Poi intervenne il giudice, che prese provvedimenti nei confronti di Claudio, allontanandolo dal focolare domestico.

Donatella doveva mantenere la famiglia col suo reddito, ma presto si trovò privata anche di quello.

Per colpa della «crisi» il contratto non le venne rinnovato, quindi il bilancio familiare dei Giorgi si ridusse a zero. Donatella aveva cercato di raccattare lavoretti a destra e a sinistra, per esempio quelli di pulizia domestica per alcuni inquilini della casa di ringhiera, nella fattispecie la signora Mattioli Angela e il signor Consonni Amedeo. Ma la signora Mattioli se ne era andata a vivere altrove, e il signor Consonni era morto.

Per fortuna negli ultimi tempi non tutto pareva andare per il verso storto: il signor Claudio sembrava veramente essersi disintossicato e non bere più: con molta umiltà aveva accettato un lavoro di badante presso la signorina Mattei-Ferri (la già citata residente nello stesso condominio nell'appartamento 12, attualmente a Salsomaggiore), e non si sa come, dopo un periodo diciamo di apprendistato nel quale veniva pagato pochissimo e al nero, adesso aveva un contratto serio, con i contributi e l'assicurazione e tutto. Incassava circa 1.000 euro al mese, che consegnava praticamente per intero a Donatella. Ma non era solo la questione dei soldi: Claudio, dopo cento tentativi falliti di uscire dall'alcolismo sembrava voler continuare nei comportamenti virtuosi. Donatella, reduce da tante delusioni passate, era la prima a diffidare, ma questa volta, dopo svariati mesi, anche lei cominciava a sperare che il marito fosse riuscito a rimettersi in carreggiata. Anche il giudice pareva propenso a dare fiducia a Claudio, e forse si sarebbe deciso a dargli l'autorizzazione a riunirsi con la famiglia. Chissà.

Purtroppo, però, c'erano altri elementi critici che andavano a turbare gli equilibri e le finanze familiari.

Come detto Donatella era senza lavoro, e per quanto si desse da fare non riusciva a trovare niente. La sua speranza era quella di incappare in un part-time nel settore della ristorazione, fosse essa aziendale o commerciale, purtroppo non possedeva titoli di studio, ma forse se ne avesse avuti le sarebbero stati di ostacolo.

Gianmarco non andava bene a scuola, anzi, il suo profitto era veramente imbarazzante.

E adesso anche Margherita, dieci anni e mezzo abbondanti, il genio di casa, quella che leggeva due libri a settimana, quella che rassicurava tutti, che non aveva mai creato problemi e che anzi era in grado di infondere fiducia in un futuro radioso e consapevole, non era più la stessa, perché manifestava strani comportamenti, come se fosse diventata la persona più infelice sulla faccia della terra. Ma che le era successo?

C'è da aggiungere qualche dettaglio su Donatella. D'accordo, suo marito sembrava, dico sembrava, essersi avviato sulla strada della redenzione, si era dimostrato capace di sforzi enormi per ricominciare, faceva il badante e non si lamentava di dover pulire l'orribile, probabilmente, sedere della signorina Mattei-Ferri. Forse il giudice gli avrebbe dato il permesso di tornare a casa. Ma lei lo desiderava davvero? Ufficialmente poteva darsi, dopo mille e ovvie resistenze, viste le situazioni in cui si era trovata col marito, che avevano messo a repentaglio la sua salute. Beh, sì, adesso di fronte agli occhi bagnati e supplichevoli di Claudio non riusciva a esibire quel rigore di chiusura netta che per un bel po' aveva mantenuto.

Ma nel fondo del suo spirito si domandava se ne aveva veramente voglia di ritrovarsi Claudio per casa, e di ricostituire il nucleo familiare. A parte 1.000 euro al mese che cosa le avrebbe potuto dare lui? E lei a lui? Cosa avevano da ricostruire? Si guardava bene dall'esternare queste perplessità, soprattutto con i figli, ma nel suo intimo, corazzatissimo, intravedeva serate meste e una vita comunque finita. Meglio rimanere nella difficoltà, nella solitudine, con un remoto sogno di una sorpresa indefinibile a priori, oppure avere la certezza di uno squallido crepuscolo, lei che aveva da poco superato i quarantatré?

Chi può dire se nelle più profonde pieghe del suo intimo non si augurasse che Claudio ricominciasse a bere e si togliesse dai coglioni per sempre? Noi non lo sappiamo, di fatto Donatella in quel periodo pareva dedicarsi anima e corpo alle difficoltà dei figli, le sembrava giusto. Alle difficoltà, o alla resilienza del marito dedicava poco tempo ed energia.

Si domandava cosa potesse essere capitato a Margherita, che pareva così strana. Si era anche azzardata a chiederlo a Gianmarco, che si limitò a dire che era una cretina, come tutte le sue amichette.

Fra l'altro anche Gianmarco stava attraversando un periodo così così, adesso che erano ricominciate le scuole. E non c'era molto da stupirsi se si sentiva un po' in difficoltà, perché era la seconda volta che faceva la terza media. Eh sì, come dicono le mamme quando il loro figlio viene bocciato, «aveva perso un anno». Parrà impossibile che nel 2011 uno venga bocciato in terza media, ma purtroppo questo era accaduto a Gianmarco, il quale non era nemmeno stato ammesso all'esame a causa di un numero di assenze che andava oltre la soglia stabilita.

In quella primavera Gianmarco era andato in crisi, non voleva più frequentare la scuola, si sentiva male. Donatella lo fece vedere al medico, il ragazzo non mangiava più, se ne stava a letto tutto il giorno. Che gli era successo? Perché non voleva andare a scuola, e se riuscivano a mandarcelo a forza lui prendeva e se ne filava via?

Donatella un'idea ce l'aveva, perché era venuta a conoscenza di certe circostanze che si erano verificate da febbraio in poi, a scuola e a calcio. Il problema era che gli dicevano che era finocchio, garruso, maricon, vale a dire omosessuale. Si sa, sono cose che succedono, purtroppo anche nel 2011. I valori maschili, in campo soprattutto calcistico, sono sempre gli stessi. Donatella parlò con Gianmarco. Gli presentò il cosiddetto risottino. Gli disse infatti che questo tipo di cose sono sempre accadute, è che certi maschi sono talmente atterriti dall'ipotesi di essere omosessuali (perché magari lo sono) che si sfogano su altri dandogli del «culo». «Beh, io speravo che i tempi fossero un po' cambiati, mi dispiace che invece siamo sempre allo stesso punto. Quelli che danno del finocchio agli altri sono loro potenziali finocchi, e sperano che non si veda infamando gli altri. Vedi, nell'essere omosessuali non c'è niente di male, sia ben chiaro. Però molta gente, la maggioranza, non la pensa così. E allora gli adolescenti maschi vanno in crisi, l'ultima cosa che desiderano è che siano presi per finocchi. Allora accusano gli altri di esserlo. Forse fra noi femmine le cose vanno diversamente. Se ci si deve offendere mica ci diciamo "lesbicaccia". Ci diciamo "zoccola". Bah, in fondo non lo so. Ma passerà, stai tranquillo. Smetteranno».

Gianmarco tuttavia si picchiò con qualche suo compagno, che lo irrideva e gli dava del «culo».

Per fortuna intervenne l'inquilina professoressa (ex) Mattioli, alla quale Donatella era andata a chiedere aiuto e consulenza, che si propose di risolvere il problema, almeno quello della stigmatizzazione pubblica. Ebbe un'idea geniale. Reclutò tre ragazze fra i 16 e i 18, le più avvenenti che le capitarono sotto mano, non si sa bene dove le avesse trovate ma c'è chi crede che si trattasse di sue parenti e loro amiche. La più grande aveva la patente. Angela chiese in prestito all'inquilino De Angelis la BMW Z3 roadster decappottabile 3.2 24 valvole, una questione di un'oretta. Il De Angelis non era molto favorevole a che una sbarbina diciottenne guidasse il suo bolide, ma la Mattioli si rese garante al cento per cento, e a lei un favore non lo poteva rifiutare.

Così le tre ragazze andarono, a tetto scoperto, a prendere Gianmarco, all'uscita da scuola. Lo caricarono sulla macchina, lascive, con la musica al massimo. Gianmarco era piuttosto imbarazzato, e lo fu ancora di più quando la più giovane delle tre, tal Sara, una sedicenne bionda alta metri 1,76, con cosce chilometriche, lo abbracciò caldamente, si sfregò a lui in modo che tutti potessero vedere e poi gli infilò la lingua in bocca, senza particolari remore. A parte il fatto che Gianmarco si infiammò e andò in estasi – lui che per baciare si infilasse la lingua in bocca l'aveva solo sentito dire –, la platea era numerosa e nessuno più avrebbe detto che era un «culo».

Ma dopo non volle più andare a scuola. Si rifiutava. E non fu ammesso all'esame.

Donatella cercò di minimizzare, gli diceva «Vabbè, vorrà dire che starai disoccupato per un anno di meno».

Ma Gianmarco pareva ombroso e preoccupato, e soprattutto non voleva farsi vedere dai suoi compagni.

E perché? Ci doveva essere qualcos'altro, che Donatella non venne mai a sapere.

Con l'estate il ragazzo riuscì a rimettersi un po' in sesto, ma il ritorno a scuola fu difficile. Per giunta fare la terza un'altra volta.

Adesso a quanto pareva a scuola ci andava, ma era molto nervoso, e se ne stava sempre chiuso in camera. Donatella ci era abituata, perché Gianmarco era un maschio, perché era un po' fragile e perché forse risentiva dell'assenza del padre, e dei fallimenti del medesimo. Non è che la terapia familiare servisse a molto. Eppure Gianmarco sembrava seriamente preoccupato. Che altro c'era?

Come esposizione delle magagne della signora Giorgi potrebbe anche bastare, ma purtroppo intervennero delle novità.

Non ci mise molto Donatella a riporre nel frigorifero la magra spesa. Poi si infilò direttamente nella camera dei bambini, ufficialmente a spolverare, in realtà a curiosare, per usare il termine esatto a perquisire. Ma dov'è? Dov'è? Eppure ci deve essere.

Sullo scaffale c'erano una decina di libri scolastici e un po' di libri di lettura. Margherita leggeva molto, ma di libri ne possedeva pochi, di solito li prendeva in biblioteca. Donatella eseguì la solita perlustrazione, niente di nuovo. Si mise a rifare i letti dei due figli, sotto i materassi niente. Controllò nelle vecchie scatole dei giochi, anche in quelli di Gianmarco. Da lui si aspettava, con terrore, di trovare qualche giornaletto pornografico. Ma nella cameretta non c'era niente di niente che non fosse già sotto il suo controllo. Lo sapeva benissimo che non è corretto perquisire le camere dei bambini, ma tanto chi mai lo avrebbe saputo. E se avessero avuto da lamentarsi la risposta era già pronta: «Benissimo, d'ora in poi i letti ve li rifate da soli, e la camera la rimettete in ordine da soli, siete perfettamente in grado». Sul fronte Margherita la frase poteva anche avere esito, nel caso di Gianmarco le speranze si riducevano a zero. E poi non erano vere speranze, Donatella, come quasi tutte le mamme, non si augurava che i figli si rifacessero la camera da soli, ma cos'erano, dei miserabili?

Si sedette sconsolata sul letto di Margherita. Si appoggiò sopra il vecchio coniglio porta-pigiama della bambina, che adesso utilizzava come semplice peluche. Però come peluche pesava un po' troppo e soprattutto pareva avere qualcosa di rigido nello stomaco. Aprì la cerniera lampo del marsupio nel quale un tempo Margherita infilava il suo pigiamino. C'era un quaderno, che aveva tutta l'aria di essere un diario segreto. La cosa non le giunse di sorpresa. Finalmente, erano giorni che lo cercava. Sulla copertina del diario c'era scritto col pennarello che fa i caratteri a rilievo, con gli sbarluccichi d'oro, il titolo dell'opera:

Il diario segreto del cuore

Sotto c'era la firma: Margherita Giorgi, nella quale le due «a» del nome erano stilizzate nella forma di cuoricini.

«Ah...».

Donatella non si pose neanche la domanda se fosse il caso o meno di leggerlo, dava per scontato che lei potesse farlo. D'altronde se uno scrive un diario segreto perché lo fa, se non perché qualcuno, prima o poi, lo legga?

Fra l'altro il diario poteva anche essere falso. L'aveva letto su un libro per bambini, scritto dalla moglie di Monicelli, che Margherita aveva preso in prestito alla biblioteca. Si raccontava di una ragazzina che aveva un diario personale, dove sfogava tutti i suoi rincrescimenti, soprattutto nei confronti della mamma rompicoglioni all'ennesima. Però era furba, e teneva anche – meno nascosto – un diario finto, a uso specifico della mamma impicciona, dove scriveva buoni pensieri e propositi nei confronti soprattutto della mamma stessa, che la bambina sapeva per certo sarebbe andata a rovistare e a leggere.

Donatella dette una scorsa, prima di mettersi a leggere per davvero. Quello di Margherita non pareva un artefatto, uno specchietto per le allodole. Era tutto vero.

Le sorprese non sarebbero mancate. Il diario era scritto con caratteri piccoli piccoli, fittissimi e tondeggianti. Ogni tanto c'erano incollati dei bigliettini, delle stampate laser, dei disegni, anche alcune fotografie, tutte raffiguranti la stessa persona. Un cantante americano coi capelli neri, la faccia pallida e le occhiaie bistrate, un po' da vampiro. Era lo stesso del poster attaccato sopra il letto di Margherita, un tal Gerry Way, dei My Chemical Romance.

A prima vista Margherita raccontava episodi della sua giornata scolastica, delle sue letture, lei a cui piaceva tanto leggere, dei suoi pomeriggi con le amiche, beh, niente di strano. Ma c'era di più. Quelle lettere, attaccate con la spillatrice alle pagine del diario.

Lettere di un innamoratino? Lettere dell'amica del cuore? Macché, quale individuo di dodici anni di questi tempi scrive a mano una lettera! Erano lettere di suo padre, cioè di Claudio, il marito – per meglio dire l'ex marito – di Donatella.

Una bella sorpresa. Questa poi. E dunque Claudio scriveva delle lettere a sua figlia? E chissà che non ne scrivesse anche a Gianmarco.

Donatella appoggiò il diario sul tavolo di cucina. Erano le undici del mattino, prima che i figli tornassero sarebbero passate due, forse tre ore. Aveva tempo per leggerlo tutto, o quasi.

Così incominciò dall'inizio. Era tentata di dare subito un'occhiata alle pagine relative alle ultime settimane, quelle nelle quali Margherita aveva dato segni di grande difficoltà. Ma no, iniziò dalla prima pagina, dove Margherita aveva scritto il suo primo appunto.

12 settembre

Caro diario segreto, oggi comincio a scriverti. Ti ho avuto in regalo ma questo lo sai già. Ti racconterò i miei segreti. Non ne ho molti, ma qualcuno sì, e uno in particolare che è talmente grosso che non lo posso raccontare neanche a te. Però gli altri te li dirò, via via che li so. C'è una cosa che devo dirti subito, ho perso la chiave del lucchetto, per cui non posso chiuderti. Pazienza, ho un posto sicuro dove nasconderti.

La scuola è cominciata da quattro giorni. Sono cambiati quasi tutti i professori tranne quella di italiano, di cui tutti i miei compagni dicono che io sono la cocca. Quest'anno in classe mia ci sono otto stranieri. La profe ci sfinisce che non dobbiamo essere razzisti con gli stranieri però lo dovrebbe spiegare bene anche a loro perché sono più razzisti degli italiani, e per di più loro di essere razzisti non si vergognano minimamente, nessuno va a rompere le palle agli stranieri che non devono essere razzisti. Per esempio i due magrebini sono molto razzisti nei confronti dei cinesi e dei neri. A dir la verità di neri, cioè per intendersi di negri africani, in classe mia non ce ne sono. Comunque i magrebini, che poi sarebbero i marocchini, dicono che i negri puzzano e credono nel politeismo come i selvaggi; sono abituati al fatto che in Marocco i negri vengono dall'Africa nera e anche loro li usavano come schiavi. Insomma per loro sono dei baluba con la sveglia al collo. Ai rumeni e agli albanesi i magrebini fanno schifo, neanche li salutano, dicono che sono delle bestie, ladri e stupratori, e fra l'altro sono anche brutti; questo è difficile da negarsi, almeno per la mia esperienza; i cinesi fanno schifo un po' a tutti, perché fanno cose schifose, non si lavano e sputano per terra. Comunque anche fra gli italiani ci sono quelli che schifano gli altri, però lo dicono di nascosto perché ufficialmente non si deve dire. Per esempio la Bene dice che i rumeni sono tutti ladri e assassini, almeno quelli che vengono in Italia. Suo padre dice che è ovvio: se uno è benestante, laureato, ha una casa e una famiglia, chi glielo fa fare di venire in Italia a pulire i vetri. Quelli che vengono qui sono i delinquenti, che qui trovano qualcosa da fare e se vanno in galera li trattano come signori, cosa che non avviene da loro. Bah, io non ci capisco granché però non me ne importa niente. Secondo me i cinesi pensano che gli italiani sono tutti una massa di coglioni, l'ho capito da certi sguardi. I due cinesi che sono in classe mia sono uno molto ricco e una molto povera. Fra di loro non si parlano, e, per motivi opposti, non invitano mai nessun compagno a casa loro per fare i compiti. Neanch'io invito mai nessuno a casa mia, credo per gli stessi motivi della cinese povera. E in camera c'è sempre mio fratello e allora non sapremmo dove stare a studiare.

Donatella leggeva, compiaciuta. Come sapeva scrivere bene la Marghe... pareva un libro stampato. Lei da ragazzina un diario non l'aveva mai tenuto, non avrebbe proprio saputo cosa scriverci. Si arrabbierebbe se sapesse che leggo il suo diario? Ma io a Margherita gliel'ho sempre detto, invita a casa chi ti pare, perfino gli stranieri. Non le ho mai detto di non farlo. Beh, certo la casa è quello che è... ma se una volta ho preparato la merenda per tutti. Con tutte le preoccupazioni del caso: ci sono i bambini celiaci, quelli gluten-free, quelli che non mangiano la mortadella perché è maiale, addirittura quelli che non mangiano formaggio e uova. Ci ho studiato un pomeriggio per preparare la merenda. Poi non è venuto nessuno, ma è colpa mia?

13 settembre

In classe mia è pieno di disgrafici e di dislessici. Sono otto gli alunni col certificato di DSA, *esclusi naturalmente gli stranieri: hanno problemi a leggere e a scrivere e allora possono fare meno compiti. Ho chiesto alla mamma se il certificato potevo averlo anch'io, perché non è giusto che io debba fare più compiti degli altri, che sono solo dei furbi. La mamma si è arrabbiata e mi ha detto che devo essere contenta di non avere difficoltà e devo essere rispettosa delle difficoltà degli altri. Io sono rispettosa, però vedo che la mamma, appena ha occasione di parlare con le mamme dei bambini col* DSA, *non parla d'altro. Io lascerei perdere ma la mamma sembra averci gusto a parlarne. Fra l'altro non ha molto da vantarsi, mio fratello ci ha i* BES, *scrive come una gallina e non riesce a fare i temi in classe, certe volte quando deve fare dei lavori di Produzione a casa se li fa scrivere da me, per un euro ogni venti righe. Lui fa il furbo: se l'esercizio è di 15 righe vorrebbe pagarmi 75 centesimi. Io gli ho detto che si va a scaloni: fino a 20 righe 1 euro, fino a 40 righe 2 euro e così via.*

La mia mamma di mio fratello non ne parla, parla solo di me che so fare bene i temi in classe e le schede libro.

Però certe volte penso che le mie migliori amiche siano davvero ritardate. Mi fanno fare tutti i compiti a me, e io ci metto cinque minuti. Loro dopo il primo esercizio di algebra sono stanche, stravolte, si buttano sul divano, dicono che non ce la fanno più. Guardano i telefonini. Hanno un tempo di concentrazione di un minuto e mezzo, e poi cominciano a lamentarsi. Anch'io ci metto un minuto e mezzo a fare l'esercizio, che fra l'altro sono gli stessi che facevamo alle elementari. La mamma della Bene, insieme ad altre mamme, è andata a parlare con le professoresse, perché dice che ci danno troppi compiti e che la scuola non deve essere punitiva ma educativa. La mia mamma non c'è voluta andare, non so perché.

A Donatella non poté che venire in mente un commento difensivo.

Cosa c'entra che non ci sono voluta andare, semplicemente non mi sembrava giusto, questa iperprotezione a tutti i costi delle bambine, come se fossero deficienti! Questo pensiero interiore ma a voce alta non andava in contrasto con un altro pensiero più sedimentato, e cioè che quelle ragazzine, ad eccezione della sua, deficienti lo fossero veramente.

Nella pagina successiva del diario Margherita aveva incollato una stampata di una scheda libro, fatta al computer.

14 settembre

Il libro della settimana
Storia di Iqbal *di Francesco D'Adamo*
Riassunto di Margherita Giorgi

Storia di Iqbal *è un romanzo di denuncia. La storia è ambientata in Pakistan, però possiamo dire che l'autore ha inventato il paesaggio perché non ci è mai stato in quei luoghi.*

Iqbal è un ragazzino che viene venduto dalla famiglia a un commerciante di tappeti. Questo lo fa lavorare dall'alba al tramonto al telaio, a cui è incatenato. Più volte Iq-

bal tenta di fuggire, ma sempre viene riacciuffato dal suo padrone. Ma a un certo punto Iqbal viene a sapere che esiste un'organizzazione che si chiama Fronte per la liberazione dei bambini sfruttati e si mette in contatto con loro. Questi arrivano alla tessitura e denunciano la gravissima situazione. Iqbal diventa un testimonial dello sfruttamento dei bambini e viene invitato a parlare in giro per il mondo. Però una volta che torna a casa a trovare i parenti (quelli che lo avevano venduto) viene ucciso da sconosciuti.

Così Iqbal è diventato il simbolo dello sfruttamento minorile in tutto il mondo.

Commento

La storia di Iqbal è molto triste e ci fa pensare a quanto siamo privilegiati noi, che ci lamentiamo di tutto, e in quali sofferenze vivano i bambini nei paesi sottosviluppati, che non hanno niente, neanche da mangiare, e vivono come schiavi al servizio di canaglie sfruttatori. E i genitori vendono i propri figli come schiavi. E se qualcuno prova a protestare ci rimette la vita.

E noi ragazzini viziati, che frignamo se non abbiamo il telefonino ultimo modello. La storia di Iqbal dovrebbero conoscerla tutti, ci dovrebbe far riflettere notte e giorno. Iqbal è un eroe per tutti noi, e per sempre penseremo a lui e al suo telaio insanguinato.

Donatella si commosse di quanto fosse buona e ispirata ai migliori pensieri sua figlia, che brava ninina..., e com'era profonda, e cosciente, ma lei in fondo lo sapeva già, non era forse la sua mamma? Chi meglio di una mamma conosce l'intimità più profonda della propria creatura? L'ho fatta io o no? Le venivano le lacrime agli occhi. E cosa sono in grado di dare io a questo gioiello? Cosa posso offrirle in questa giungla maledetta? E come è sensibile, e come è matura, e altruista... certo, i bambini sono la nostra unica speranza, hanno un cuore ancora non indurito, bisognerebbe ascoltarli di più, imparare da loro. Loro sono la solarità, la freschezza, la gioia, l'impegno. Quando mai io sarei stata in grado di produrre una scheda libro così ben fatta?

Sarà stata la tensione, lo stress continuo, ma a Donatella venne da piangere sul serio. Fece attenzione che le lacrime non bagnassero il diario. Sussultava.

Solo che subito sotto ciò che aveva appena letto c'era una glossa scritta a mano.

Caro diario, ho scritto questo commento su quel libro per la scuola. Per la verità l'ho copiato da internet, ma io so copiare bene e la profe forse non se ne accorge o se se ne accorge fa finta di niente. Ho scritto quello che so che piace alla profe, mica quello che pensavo. In realtà a me il libro non ha detto niente, le solite storie stracciamutande per commuovere le persone perbene, ma a me che cosa me ne frega? Lo sanno loro quanti problemi ho io? E lo sanno che anche noi siamo in miseria? Noi mangiamo solo pastasciutta e lo so benissimo che siamo sotto la soglia di povertà. Le mie amiche vanno a fare lo shopping ma io non so neanche cosa voglia dire, perché in casa no-

stra di soldi non ce ne sono. E non mi sento mica più buona se mi commuovo per le sfighe altrui: ognuno ha le sue rogne e se le gratta, diceva il mio nonno, che ora è morto. Che poi queste sfighe gli scrittori se le inventano loro, e ci fanno i soldi. E io il telefonino ultimo modello non ce l'ho.

Adesso però diario ti racconto una cosa. Anzi, te la faccio vedere.

Ah. Pensò Donatella. Allora qui... Avrebbe voluto riflettere sul cinismo della bambinetta, era subito ridiventata una bambinetta, che si sentiva tanto furba a fregare la professoressa, che peraltro doveva essere una bella scema. Ma ormai voleva sapere che cosa Margherita aveva da mostrare al suo diario, quindi girò freneticamente pagina.

C'era attaccato un bigliettino, scritto a mano con grafia incerta, diceva così:

«TUO FRATELLO È UN PUSCHER, VENDE LA DROGA».

Cosa? Cos'era, uno scherzo? E chi lo aveva scritto? Ma questi scherzi stupidi erano ancora di moda? Ripensava ai bigliettini che si scambiava con le sue compagne di classe, ai suoi tempi. Non erano molto diversi. «Lara ama Dario». «A Dario gli puzza il culo». «Davide è f...». Sempre le solite storie.

Probabilmente tutte le amiche di Margherita erano innamorate di Gianmarco, perché è bello e ha tre anni, per la precisione due e mezzo, di più.

15 settembre

Oggi all'intervallo è arrivato un bambino nuovo, che è piccolo e biondo e che sembra uno di terza elementare e che si chiama Enrico, i suoi genitori hanno un negozio di ferramenta, lui me l'ha ripetuto venti volte, vantandosene, mi ha chiesto: «Ma voi vivete in affitto o in casa di proprietà?».

«Di proprietà, naturalmente» gli ho detto io.

«E quanti vani ha?».

«Tre più cucina e bagno».

«Un bagno solo?».

«Beh, per ora sì».

Enrico mi ha detto che loro hanno la casa al mare, a Loano. Inoltre ha aggiunto che suo padre ha un Suv coreano. Mi ha chiesto che macchina ha mio papà, io gli ho detto che non lo so, perché mio papà lo vedo poco visto che i miei genitori sono separati. Questa notizia lo ha messo sulla difensiva, come se gli avessi voluto far capire che i miei genitori hanno più soldi dei suoi, per via che i pezzenti non si separano mai, perché costa troppo.

Ah, come la vedono semplice i bambini, pensò Donatella, eppure come sono andate le cose lo sanno benissimo. Ma questa casa vale un sacco di soldi, lo sa quel cretino? È una casa di ringhiera, e se soltanto ci passasse per la testa di venderla prenderemmo una bella cifra, ci telefonano le agenzie immobiliari. «Ci risulta che nel vostro condominio ci sia un appartamento in vendita, mi può aiutare?». «No, qui non c'è nessun appartamento in vendita». «Bene, grazie». Eppure quante volte Donatella ci aveva pensato, a venderlo, era un pensiero inconfessabile. Perché se lo avesse esplicitato avrebbe fatto una figura da disgraziata, vendere la propria casa, l'unica cosa che era rimasta, per realizzare i soldi con cui vivere. Ma che me ne faccio della casa di valore se non ho i soldi per campare? Si fa presto a dire, ma io come faccio? E poi chi sa, magari passa la moda delle case di ringhiera, e la mia non vale più niente. E se veramente la vendessimo? Ma adesso la casa è stata affidata a me, dal giudice, ci possiamo abitare, ma il proprietario è Claudio, e siamo in separazione dei beni. E lui non la venderà mai, anche perché ci vuole tornare. Che follia, facciamo la fame, i ragazzi devono affrontare una situazione miserevole, eppure abbiamo un immobile che vale, e parecchio. Forse duecentocinquantamila, se non di più.

16 settembre

In classe abbiamo sia l'anoressica, la Martina, che l'obesa, si chiama anche lei Margherita, come me. Margherita pesa settanta chili, come abbiano fatto a chiamarla Margherita proprio non lo so. Per distinguerla da me la chiamano la Margona, ma non lo so se questo le fa piacere. La chiama così anche la profe, dice che i genitori si sono lamentati. La Margona ha appetiti famelici, mangia sempre e finisce anche la roba degli altri. A differenza dei bulimici non rivomita quello che mangia. Non ha migliori amiche. La Martina è scheletrica e se la tira un sacco, di essere anoressica se ne fa un vanto, lo dice a tutti: «Io sono anoressica, cosa vuoi capire te». Forse è solo magra e si dà delle arie. Lei è migliore amica della Cate e della Giuli, nemica giurata della Bene e di noi. La Bene mi ha detto che se un giorno mi vede solo parlare con la Cate con lei ho chiuso per sempre. Io con la Cate non ci parlo mica, oltretutto mi sta antipatica, però, e caro Diario, lo dico solo a te, mi sta antipatica anche la Bene, ma ormai sto dalla sua parte e non posso tornare indietro. La Cate se la avvicinassi penserebbe di sicuro che è una manovra della Bene, invece la Bene mi toglierebbe dalle sue migliori amiche. E così mi troverei sola come la Margona, magari diventerei la sua migliore amica. Ma io non voglio essere una sfigata migliore amica della Margona: quando due sfigate si fanno compagnia e diventano migliori amiche allora diventano ancora più sfigate di prima. E poi ci chiamiamo nello stesso modo, come se fosse un segno del destino. Ma è dura, caro diario, è durissima.

Seguiva l'ennesima foto del cantante del gruppo Emo, truccato come uno zombie. La foto doveva essere la preferita della bambina, il ragazzotto quando si metteva l'ombretto. A dir la verità negli ultimi tempi lo faceva anche Margherita, accentuando la sua aria macilenta, con quelle occhiaie. Ma perché fanno così? si chiedeva Donatella: vuole farmi credere che sta tanto male? Ah, se ripenso alle gote rosse che aveva a due anni, tutti le davano i pizzicotti.

La foto era cosparsa di cuoricini adesivi a rilievo.

17 settembre

Oggi non ne posso più. Quell'imbecille della mamma ha fatto la sua solita figura di merda, e io avrei voluto sparire. Ha fatto la figuraccia con la mamma della Sofia, chiedendole se il libro di storia si poteva comprare a mezzo, tanto per quello che si usa.

La mamma della Sofia ha detto che no, preferiva che sua figlia disponesse del suo libro «personale» così la mia mamma non ha risolto il suo problema, cioè quello di risparmiare metà del costo del libro, e ha fatto la solita figura da poveraccia. La mamma non pensa che ai soldi, è assillata dall'idea di risparmiare.

Bene, pensò Donatella, siamo arrivati a questo. Sarei io che in testa ho solo i soldi? È questo che pensa di me mia figlia? Bella riconoscenza! Con i sacrifici che faccio. Bella stronzetta anche lei, povera me!

Se la proposta di comprare un libro scolastico a mezzo fosse venuta da una signora coi soldi sarebbe sembrato un giusto riguardo nei confronti degli sprechi: una specie di ecologia anticonsumista, che applicano solo quelli che i soldi ce li hanno. E invece se lo propongo io è semplicemente perché i soldi non ce li ho. Ma è colpa mia? Se li avessi regalerei i libri scolastici a tutta la classe! Ah, sarei io che penso solo ai soldi. Per forza, solo chi ce li ha non ci pensa mai, anche se questo è tutto da vedere! Piccolo mostro!

Come può cambiare in fretta l'atteggiamento di una povera madre, scossa nel profondo dallo stress e da una congerie di emozioni negative. Eccola lì la ninina piena di buoni sentimenti.

Lei che si faceva un culo così per racimolare più euro che poteva, che ne aveva viste di tutte, che si era umiliata per portare a casa qualcosa da mangiare e mantenere un minimo di decoro... Che fra l'altro adesso si trovava un'altra volta senza lavoro, perché quel figlio di puttana l'aveva messa alla porta. È vero che Claudio adesso riusciva a darle quasi 1.000 euro al mese perché la Mattei-Ferri lo aveva assunto (Donatella non sapeva neanche perché), ma ci si può vivere in tre con 1.000 euro al mese?

A Donatella venne da piangere, d'altronde era lei che si era messa a leggere il diario, che cosa si aspettava? Ma le osservazioni del 17 settembre non erano finite.

E poi le mie migliori amiche sono delle stronze, le odio, le odio, le odio! Mi trattano come una bambina piccola. Soprattutto la Bene, che mi ha fatto promettere di... essere per sempre il suo scudiero, e cioè la sua serva, per sempre. Dice che devo firmare un foglio, e che sarò per sempre la sua ancella. Fra loro si dicono le cose nelle orecchie e poi ridono e certamente parlano di me.

A Donatella, che aveva ancora qualche lacrima sulle guance, venne quasi da ridere, sommessamente e istericamente. Queste cose si facevano anche ai tempi suoi. Bisognava firmare col sangue dei patti di fedeltà assoluta, che avevano come obiettivo, di solito, la distruzione definitiva della setta nemica, che era un altro gruppo di smandruppate con una capetta decisa. Una volta finì quasi a botte, poi intervennero i genitori e gli insegnanti... Il fatto che le cose non fossero poi così cambiate era quasi rassicurante. Donatella voltò pagina.

C'era un foglio attaccato con la cucitrice, una lettera scritta a mano. Una grafia che a Donatella era familiare, anche se forse l'aveva vista impiegata in contesti del tutto diversi.

Cara Margherita

Sono passati quindici giorni da quando abbiamo passato un intero pomeriggio insieme, al cinema e poi al parco. Ti sei divertita? Quanto mi manchi... per me è stata come una vacanza, la prima che abbiamo passato io e te, dopo tanto tempo. Ti ho trovato cresciuta, e maturata, certe volte mi fai impressione, sembri così più grande rispetto all'età che hai.

Lavoro così vicino a te, alla mamma, a Gianmarco, eppure siamo come estranei. Potrei telefonarvi, nessuno me lo vieta, potremmo fare Skype ma meglio di no.

Come faremo noi due? Beh, c'è questo straordinario mezzo che ci permette di sentirci anche tutti i giorni, che non è Skype, non è il telefono, né Facebook. Io ti scriverò delle lettere, perché penso di avere molte cose da dirti, e che sia in un certo senso mio dovere. Ti vorrei parlare di tutto. Ma anche tu devi farlo, è un favore che ti chiedo, per sentire meno la tua mancanza, per conoscere i tuoi pensieri, anche quelli più profondi. Allora ti chiedo un favore, in fondo ti costerà qualche minuto al giorno, e credo che possa essere molto utile anche a te. Perché non mi rac-

conti, giorno per giorno, quello che ti succede? Un piccolo diario per me, dove mi racconti cosa ti capita a scuola, con gli amici, a casa?

Sai, scrivere un diario è una cosa molto utile, a tutte le età: non è una cosa da femminucce, come alcuni pensano, dove disegnare cuoricini e appiccicare la foto del cantante preferito. Il diario è una cosa profonda, un amico, un confidente, dove sfogare i propri sentimenti, dove raccogliere le idee, dove scrivere le cose che non vanno. E io ti chiedo solo qualche riga, per sentirmi più vicino a te. Lo farai? Io sì. Spero di non essere troppo noioso, sai noi adulti spesso lo siamo. Allora, me lo prometti?

Gli ultimi anni sono stati un po' burrascosi, e in una certa misura ci siamo allontanati.

Ora sento che è iniziato un nuovo rapporto fra di noi, e che possiamo essere amici.

Dunque, affare fatto?

Il Papi

Donatella a questo punto non sapeva più se piangere, se ridere o se vomitare. Allora il Papi, cioè quell'ipocrita di Claudio, scriveva lettere confidenziali a sua figlia! Claudio a lei una lettera non gliela aveva mai scritta in vita sua. Neanche nei primi tempi, quando si amavano tanto. A lei sarebbe piaciuto ricevere lettere, a chi non piace. Ma lui diceva che non ne era capace. E adesso, guarda lì come era in grado di sciorinare una prosa scorrevole, per cercare di recuperare il rapporto con la figlia.

Tuttavia, già dalla pagina successiva, era chiaro che Margherita il diario se lo teneva un po' anche solo per sé. Al Papi forse inviava solo qualche lettera. Ma la vera confidenza si capiva che Marghi la assicurava solo al diario.

19 settembre

Oggi la Vale si è infuriata perché il Biraghi le ha rovesciato addosso il succo di frutta.

«Sei un mongoloide!».

«Non si dice mongoloide. Così si offendono quelli affetti dalla sindrome di Down!».

«Allora sei un Down!».

«Non si dice nemmeno così».

«Allora sei un cretino, un idiota, un deficiente, un disadattato, un Asperger, insomma, un mongoloide! Guarda qua come mi hai ridotto».

In classe non abbiamo nessuno che sia Down, quindi non si capisce chi si possa offendere. C'è un ragazzino magro magro che si chiama Davide e che ha una malattia grave ma nessuno sa cos'è, e che nessuno deve sapere cos'è, però un giorno che lui non c'era la profe ci ha detto che dobbiamo essere molto gentili con lui perché ha dei problemi gravi. Così ora tutti trattano Davide come se fosse un appestato, insomma la profe ha peggiorato le cose.

20 settembre

Il lavoro

La profe ci dice sempre «Mettetevi a lavorare», «Al lavoro!», «Non hai lavorato abbastanza». Il Cermini oggi le ha detto: «Ma profe, perché ci dice sempre che dobbiamo lavorare? Qui non siamo mica a lavorare. Non ci pagano mica».

«Qui si impara a lavorare» ha detto la profe. «La disciplina, i compiti, la puntualità, il senso del dovere».

«Ma tanto noi non lavoreremo mai».

«Ma che dici, come pensi di mantenerti, da grande?».

«Boh, ma studiare non serve a niente, lo dicono tutti».

«E questa dove l'hai sentita dire?».

«Mio padre lo dice sempre, primi a scuola ultimi nella vita».

«E sentiamo, tuo padre cosa ha fatto, nella vita, di così straordinario?».

«Prima di tutto badi a come parla perché la denuncio, secondo mio padre ha la terza media e fa il piastrellista, e guadagna dieci volte quello che guadagna lei, che è laureata».

«E tu vuoi fare il piastrellista?» ha detto con sprezzo la profe.

«No, io non farò un cazzo, sono figlio unico e userò i soldi che ha fatto mio papà».

La profe c'è rimasta male ma non ha dato la nota a Cermini, perché con quelli non se ne esce vivi.

Boh, io su questa storia del lavoro non ci ho capito ancora granché. Mio padre prima faceva l'informatico, poi l'hanno buttato fuori per la storia dell'alcol, ora fa il badante e guadagna addirittura meno della profe. Mia madre è disoccupata. Quando lavorava si lamentava tutto il giorno di che merda era il lavoro, e che diventava pazza idrofoba. Ora che non lavora si dispera che non ce l'ha, e non si gode per niente il fatto che non fa un cazzo.

Ah, io non farei un cazzo? Adesso gliela faccio vedere io a queste carogne. Io non faccio un cazzo! Io, che faccio le pulizie nelle case altrui, io, che per loro mi danno l'anima. Non si sa perché accomunava Gianmarco alle posizioni prese per iscritto da Margherita. Dentro di sé era certa che Gianmarco la pensava alla stessa maniera, forse ancora peggio. E poi quando ci si incazza si usa sempre il pronome «loro».

21 settembre

Diario mio

La nostra profe di matematica e scienze nuova ha sempre il culo di traverso, ce l'ha con tutti, e in particolare con la profe di italiano, che qualche giorno fa ci aveva parlato del cuore. Lei invece ci ha fatto una sparata contro il cuore, dicendo il contrario della profe di italiano.

Il papà vuole che gli scriva ogni tanto una lettera. Allora gli ho scritto questa qui.

Sul diario c'era appiccicata la brutta copia, ma si leggeva benissimo.

Il cuore

Caro Papi

Oggi la profe di matematica e scienze ci ha parlato del cuore. Ci ha fatto leggere un pezzetto di un libro che c'è sull'antologia (l'antologia ce l'ho, a differenza degli altri libri) e che si chiama Va' dove ti porta il cuore. *Ma perché una profe di matematica ci fa leggere dall'antologia di italiano? Dice che è per via dell'interdisciplinarietà.*

La profe ha detto che la parola cuore la usano tutti per dire niente, non significa niente. Ci ha parlato un po' del cuore, quello che batte e pompa il sangue, ci ha detto che è un organo meraviglioso, che va da solo e batte per tutta la vita, ma dentro non c'è altro, non c'è l'anima, non ci sono le passioni né tantomeno l'amore. Ci ha spiegato che il cuore è diviso in quattro parti, due atri e due ventricoli, prende il sangue ossigenato dai polmoni e lo spinge in tutto il corpo, eccetera. Poi è tornata sull'argomento precedente.

Lei dice che il cuore non è la bontà, non è la pietà per gli altri, non è la passione. Il cuore sono gli affaracci propri, secondo lei. Se uno dà retta al cuore vuol dire che vuol fare quello che gli consiglia il suo egoismo. Dare retta al cuore è una formula eu..., non mi ricordo la parola, ma insomma è come dire dare retta a quello che si vuole fare e che ci torna comodo. Insomma soddisfare i propri interessi e le cose che danno soddisfazione, i propri piaceri personali, e chi se ne frega degli altri.

Beh, non ci abbiamo capito granché in tutta questa sparata contro il cuore. Lei ci ha chiesto che cosa ne pensavamo, cioè ci ha chiesto di fare una discussione in classe. All'inizio non parlava nessuno perché di questi discorsi non è che ci interessi molto, però poi il Marchetti ha detto che lui ha la squadra del cuore, e che il cuore è una cosa profonda e che non si cancella mai. La Gensi ha detto che il cuore è la cosa più forte che ci sia e che al cuore non si comanda. Appunto, ha detto la profe, siccome al cuore non si comanda, lui, cioè il proprietario del cuore, fa quello che gli pare, non ha più responsabilità, e segue il cuore come se fosse una cosa più forte di te. Io ho detto che pensavo che il cuore fosse l'amore, perché di solito si dice che si tratta di affari di cuore, come ci ha detto la profe di italiano. Allora la profe si è innervosita ancora di più, e ci ha detto: «Adesso vi faccio un esempio. C'è una famiglia, marito, moglie e due figli. Tutto normale. A un certo punto il marito si innamora di una donna molto più giovane di lui che gli ha fatto perdere la testa. Lui razionalmente sa che non dovrebbe abbandonare la famiglia, la moglie, che tanto ha amato, i figli, eccetera. Però il cuore gli dice un'altra cosa, il cuore gli dice che deve andare con quella donna, perché gli ha toccato il cuore, insomma se ne è innamorato, e non si può combattere contro il cuore. Allora il marito lascia moglie e figli, seguendo il cuore. Lo sa benissimo che non gli conviene da nessun punto di vista, soprattutto quello economico, ma lui sa che la passione che prova per il suo nuovo amore è più forte di tutto. E allora fa il patatrac, facendo soffrire almeno tre persone, mettendosi nei guai dal punto di vista economico ecc. Ecco dove porta il cuore. E lo sapete perché? Solo per il narcisismo del maschio che a una certa età si sente meglio se qualcuno gli dà a bere che le sue capacità seduttive sono ancora forti. Poi magari quella sciacquetta nel giro di poco tempo il tipo lo lascerà, e allora lui vorrà tornare dalla moglie e dai figli, ma non pensate che sia un po' troppo tardi?».

La profe ci metteva animo in queste sue dichiarazioni, noi eravamo un po' sorpresi. Il Masi ha chiesto che cosa fosse il narcisismo, e la profe ha detto di fare una ricerca su internet, a gruppi di due, e di scrivere un testo max 10 righe.

Ed ecco, attaccata con la spillatrice, la lettera di risposta del Papi.

Cara Margherita

Ti ringrazio tanto per la tua bellissima lettera.

La tua professoressa doveva avere la luna storta. E mi sa che non ha digerito di essere stata abbandonata dal marito, ma la mia è solo una supposizione. Il cuore è tante cose. Tutti hanno un cuore... può essere la passione che ci metti nel fare le cose, può essere quello che sei veramente, il tuo istinto, la tua propensione, le cose che vorresti fare veramente. Andare contro il tuo cuore ti porta all'insoddisfazione, alla mediocrità, a non fare niente... Si vede che la tua prof di cuore ce ne mette poco nel fare il suo lavoro... che ti devo dire. Ti faccio un esempio, conosco un tipo che era mio compagno di scuola. Questo ragazzo era molto solitario e introverso, non parlava con nessuno. Veniva dalla Val Saviore, un posto isolato in montagna verso il Cevedale. I suoi genitori facevano molti sacrifici per farlo studiare all'Istituto tecnico.

Ecco, a lui piaceva solo la montagna. Il suo cuore era lì. Il resto non esisteva e la città di Milano gli faceva schifo. Gli unici momenti buoni per lui erano d'estate, quando tornava al paesello dai nonni.

Eppure lo sai che adesso quel tipo è diventato un famoso alpinista? Ha scalato montagne altissime, gli ottomila metri. È famoso, ha scritto anche dei libri, l'ho visto in televisione.

E che cos'è che l'ha portato al successo se non il cuore? Il cuore è la passione... senza il cuore non si arriva da nessuna parte, perché il cuore è... è difficile spiegarlo ma adesso direi che il cuore è la capacità di provare delle emozioni per qualcosa che può essere dentro di te oppure fuori di te, oppure in entrambi i posti. Col cuore ci si costruisce una vita, una famiglia, una storia. Senza cuore non vai da nessuna parte, puoi essere anche la persona più ricca del mondo, ma sarai infelice. Come lo è la tua professoressa.

La lettera continuava con una serie di scemenze pietose sul cuore.

A Donatella era venuta la nausea: ma dove lo trovava Claudio tutto questo buon senso? E dove l'aveva letta quella storia dell'alpinista, a lei sembrava di averla sentita mille volte. Lui che parlava di cuore... ne sparava di coglionate. E poi quella faccenda dei ricchi infelici, le veniva il voltastomaco. E le veniva anche da pensare che Claudio adesso di mestiere faceva il badante, e passava il suo tempo a pulire il culo della signorina Mattei-Ferri: lo faceva con il cuore? Che vigliacco, che ipocrita.

Ma Margherita nella pagina successiva aveva attaccato un altro foglio, scritto a stampatello. Senza data.

CARI FIGLI, È VENUTO IL MOMENTO DI METTERE PER ISCRITTO ALCUNE REGOLE, CHE ENTRANO IN VIGORE IN QUESTO MOMENTO.

CAMERA DA LETTO

1) DA OGGI È OBBLIGATORIO CHE CIASCUNO SI RIFACCIA IL SUO LETTO DA SOLO. NON SONO PREVISTE ECCEZIONI. CHI NON SI RIFÀ IL LETTO LO TROVERÀ DISFATTO, E SARÀ ESCLUSO DALL'USO DEL COMPUTER PER 24 ORE.

2) UNA VOLTA ALLA SETTIMANA DOVETE PASSARE L'ASPIRAPOLVERE IN CAMERA, CHE VA RIORDINATA TUTTE LE SERE, COME DA ACCORDI PRECEDENTI, PERALTRO MAI RISPETTATI.

BAGNO

1) IN BAGNO SI PULISCE IMMEDIATAMENTE, ALMENO LA CACCA NEL WATER E I RESIDUI E I CAPELLI NEL LAVANDINO.

2) È VIETATO USARE LO SCIAMPO E IL BALSAMO DELLA MAMMA.

CUCINA

1) SPARECCHIARE LA TAVOLA SPETTA A VOI, SIA A PRANZO CHE A CENA. POTETE FARE I TURNI OPPURE SPARECCHIARE INSIEME, DECIDETE VOI.

2) NON VI VIENE L'INFARTO SE QUALCHE VOLTA I PIATTI LI LAVATE VOI.

IN GENERALE

CAPPOTTI, GIACCONI O ALTRO NON SI LASCIANO PER TERRA. SI APPENDONO AGLI APPENDIABITI. SE NE TROVO UNO PER TERRA LO BUTTO DALLA FINESTRA.

LA MAMMA

Ecco, questa è la mamma, caro diario, non occorre aggiungere altro. Molto poetica, vero? E dire che è disoccupata, non fa niente tutto il giorno, avrà pure il tempo per fare questi mestieri?

Donatella avrebbe voluto fumarsi una sigaretta, ah, cosa avrebbe dato per fumarsene una. In casa non ne aveva, ogni tanto ne scroccava qualcuna a chi si trovava intorno, ma lei non le comprava, anche perché costavano un mondo. E così quella senza cuore sarei io? Io non faccio niente tutto il giorno? Con la vita che tiro avanti? Ma che stronzetta che sei capace di essere: ah, questa proprio non me l'aspettavo, che bella riconoscenza. Io che... io che mi rovino, ormai mi sono rovinata per loro, per cercare di salvarli dalle furie alcoliche del padre, per cercare di permettergli una vita normale. E vogliamo parlare di quello che ho sofferto quando ho partorito? Ma che ne sanno loro, che ne sanno del dolore e della sofferenza. Pensano solo ai telefonini e a fare shopping.

Alla pagina seguente c'era un'altra stampata laser.

Il libro della settimana
Fabio Geda, Nel mare ci sono i coccodrilli
Riassunto di Margherita Giorgi

Questo libro racconta le imprese di un ragazzino di soli dieci anni che si chiama Enaiatollah.

Suo padre lavorava come venditore per i talebani ma quando venne ucciso e gli venne derubata tutta la merce, essi se la presero con la sua famiglia.

Fu per questo che la madre per salvare il figlio dalla furia dei talebani partì abbandonandolo.

Prima di lasciarlo gli fece tre raccomandazioni: non usare armi, non rubare e non assumere droghe.

La mattina seguente Enaiatollah, trovandosi solo, chiese al portiere dell'albergo di assumerlo in modo tale da potersi mantenere.

Lavorò finché non incontrò un signore che gli propose di lavorare come venditore per lui in Pakistan.

Egli utilizzò dei trucchetti che gli permisero di vendere gli oggetti, come ad esempio far piangere il bambino di una famiglia mentre è distratta e poi dire che si sarebbe calmato con un giocattolo acquistabile da lui.

In quei giorni fece amicizia con un gruppo di ragazzi tra cui Sufi, che proposero di andare in Iran.

Vennero assunti come muratori, pagavano abbastanza bene anche se erano molto severi e quando Enaiatollah si ferì a un piede, il capo non lo fece andare a curarsi finché non finiva il suo lavoro. Il venerdì era il loro giorno libero passato a giocare a pallone.

Successivamente Sufi andò a Qom e dopo lo raggiunse anche Enaiatollah.

Poi insieme ad altri ragazzi andò in Turchia, attraversarono le montagne per ventisette notti, viaggiarono nel retro di un camion a doppio fondo.

Ma una volta arrivati non trovarono lavoro e Enaiatollah andò in Grecia con un gruppo di ragazzi che si procurarono un gommone per attraversare il mare.

Durante il tragitto un ragazzo cadde in acqua e nonostante i tentativi di salvataggio da parte dei suoi amici, non si riuscì a tirarlo fuori perché era come scomparso. Uno di loro diceva che nel mare c'erano i coccodrilli, una frase che restò impressa nella mente di Enaiatollah.

Arrivati ad Atene, un ragazzo disse che serviva il permesso di soggiorno per restare, cosa che loro non avevano così si imbarcarono clandestini su un camion e arrivarono in Italia a Venezia ma Enaiatollah era più interessato a Roma così la raggiunse immediatamente.

Appena arrivò chiamò un suo amico, Pajama, e si incontrarono per parlare della sistemazione di Enaiatollah.

Contattarono una donna che lavorava ai servizi sociali del comune.

Stette tre giorni con lei e la sua famiglia finché venne affidato ad un'altra che non gli piaceva molto, infatti qualche giorno dopo tornò a vivere con quella di prima. Due anni dopo lo chiamarono per il permesso di soggiorno e lui li convinse a restare mostrando l'articolo di un giornale in cui si diceva che in Afghanistan un bambino è stato costretto ad ammazzare una persona e lui poteva anche essere quel bambino se tornava. Così Enaiatollah scoprì che nel mare ci sono davvero i coccodrilli.

Commento: Il libro Nel mare ci sono i coccodrilli *mi è piaciuto molto perché, a differenza degli altri, l'autore e il protagonista parlano insieme per raccontare una storia. Come forma è scritto bene ed è molto scorrevole. Non riesco a credere che un bambino della mia età abbia lottato così duramente e da solo per ottenere la libertà.*

Messaggio dell'autore: In questo libro Fabio Geda rac-

conta di un bambino che ha fatto dei grandi sacrifici per cambiare il destino della sua vita. È stato anche fortunato perché molti altri bambini non ci sono riusciti. Il libro, oltre a raccontare una storia, vuole far capire a noi bambini italiani che siamo fortunati perché possiamo realizzare i nostri sogni grazie ai genitori e alla società nella quale viviamo.

Tutto questo riassunto e il commento erano stampati al computer. Donatella era impressionata dalla prosa fluida e competente della figlia. Che avesse copiato anche questo? Forse no. In parte si pentiva dei suoi pensieri precedenti, che andavano a considerarla una smorfiosa irriconoscente. Aveva talento. Si immaginava che da grande avrebbe potuto fare la scrittrice, e diventare famosa. E vivere in una bella casa sul lago, oltre all'appartamento in città. Le scrittrici vivono bene, si immaginava Donatella, in mezzo a mille comodità. Ma seguiva una nota scritta a mano.

Caro diario, la profe di italiano mi fa fare i riassunti dei libri. Lo sa benissimo, credo, che io li copio da internet, ma a lei non gliene frega. A lei gli basta che io legga il riassunto ad alta voce in classe così passano tre quarti d'ora e lei nel frattempo riempie il registro di classe o fa le sue cose, anche al computer. Dice che prende appunti, ma in realtà riempie certi moduli che devono riempire gli insegnanti. Ogni tanto fa finta di ascoltare e annuisce. A me fa fatica leggere per più di mezz'ora queste cagate. A me di Aiatollah Vattelappesca non mi interessa niente. E poi son tutte balle, che si inventano scrittori furbi. Questo ragazzino afghano doveva essere un bel figlio di puttana, un ladro, e secondo me anche una marchetta, non so se nel libro si dice perché non l'ho mica letto. Ma se l'ha sfangata in quei posti di merda dove sono tutti pederasti e ladri in qualche maniera se la deve esser cavata. Sarebbe come se uno vincesse a carte senza barare, in mezzo ad altri quattro che barano. Questa me l'ha detta il mio papà a proposito di Berlusconi. Comunque sono sicura che nel libro le cose peggiori che ha fatto Aiatollah mica le raccontano. Quando io leggo il riassunto del libro della settimana in classe si fanno tutti i fatti loro. La maggior parte gioca col telefonino. In teoria sarebbe vietato: la profe è severissima e all'inizio della sua ora raccoglie tutti i telefonini e li mette in una cesta. Ormai però l'hanno capito tutti come fare, si portano un telefonino vecchio da casa e consegnano quello. Sono falsi, prova ne sia che in due ore non ne suona nemmeno uno. Così tutti si tengono il telefonino buono e ci giocano, si mandano i messaggi e cazzeggiano fino alla fine dell'ora.

La cosa che mi dà fastidio è che alla fine se la prendono tutti con me e dicono che sono una secchiona, la prediletta della profe. Me ne dicono di tutte. La Bene mi schifa, però poi mi dice se nel pomeriggio vado a casa sua a fare i compiti, e lo fa solo per farseli fare da me.

Copiare da internet? Ancora? Forse lo dice per fare la sbruffona e perché quelle cretine delle sue amiche, che sono delle ritardate, le danno di secchiona. Amore mio...

23 settembre

Oggi la profe di italiano ci ha fatto una lezione di grammatica sul femminile degli aggettivi e dei sostantivi. Insomma quelle cose tipo professore e professoressa, direttore e direttrice, notaio e notaia eccetera. Lei dice che le cose stanno cambiando e che è molto importante dire sindaca, avvocata, insomma mettere la a dappertutto. Sul libro di grammatica c'è scritto diverso.

In classe si è scatenata una gran discussione: tutti chiedevano alla profe qual era il femminile di questo e di quello: si dice muratora? Si dice minatora o minatrice? Quella che ripara le macchine si chiama la meccanica? E il femminile di idraulico è idraulica? Tutti ridevano e la professoressa a un certo punto non ci capiva più niente, diceva che su certi mestieri ancora le cose non si erano chiarite.

Damiano ha detto che fanno tante storie sulle professioni nobili, avvocato, architetto, sindaco, e che invece dei mestieri più umili non gliene frega niente a nessuno. E poi sono mestieri che, sfortunatamente per loro, fanno solo i maschi. L'ha mai vista lei una manovala? Insomma alla fine non ci si è capito niente, tranne che della faccenda non gliene importa granché alla classe.

Però la profe si è innervosita e ha detto: va bene, allora interrogo. Vieni tu Blasi (che sarebbe Damiano). Parlami del Dolce Stil Novo...

A Donatella, che pure era una alla quale i problemi della condizione femminile non sfuggivano, anzi la toccavano da vicino, non era mai capitato di occuparsi di questi dettagli, anzi, non sapeva neanche che se ne parlasse. La sindaca? La muratora? Ma questi insegnanti non hanno altro di cui occuparsi? Eppure quelle notazioni in qualche maniera la tranquillizzarono. Insomma, a scuola si insegnano anche cose utili. Continuò.

24 settembre

Caro diario, oggi pomeriggio, nonostante sia sabato, sono piena di compiti.

Adesso devo fare, cioè copiare, la scheda libro su un libro giallo. Perché in seconda media (che adesso si chiama scuola secondaria di primo grado) si studia il genere giallo. Le letture che facciamo si alternano: certe volte affrontiamo i temi (per esempio quello dell'immigrazione, anzi, adesso si dice migrazione senza im-) e allora ci fanno leggere libri su ragazzi afghani, palestinesi, israeliani, africani, marocchini eccetera. Poi si passa ai generi letterari e studiamo le loro caratteristiche. Per esempio adesso devo studiare la scheda sul giallo.

A me i gialli non mi piacciono, ne ho letti alcuni, che ho trovato a casa, la mia mamma li legge, soprattutto quelli di certi autori che vengono dalla Svezia e dalla Norvegia. Lei mi ha detto di non leggerli perché sono per un pubblico adulto. A me paiono delle gran cagate: ci sono i serial killer che sbudellano le ragazzine della mia età. Ma che motivo c'è di leggerli? Chissà perché la mia mamma li legge, per mettersi paura?

Comunque i gialli sono tutti uguali. All'inizio trovano un morto o di più, poi l'investigatore fa l'indagine, parla con i parenti e gli amici, alla fine trova l'assassino. Una volta l'assassino finiva in galera, adesso per semplificare di solito alla fine muore anche lui, oppure no se ce n'è bisogno per altre puntate.

Nella corte sotto il mio appartamento c'è stato un assassinio, hanno ammazzato il signor Consonni. Nessuno ha scoperto chi l'ha fatto fuori. Il signor Consonni era simpatico. Una volta io e mio fratello gli abbiamo fregato dei soldi che teneva nel bussolotto del caffè. Siccome la mia mamma andava a fare le pulizie in casa sua allora ci aveva le chiavi, che noi abbiamo usato. Lui se ne accorse ma fece finta di niente, anche se sapeva che eravamo stati noi. Poi ci ha regalato altri 50 euro, basta che non lo andavamo a raccontare alla mamma. Un piccolo segreto.

Ma il vero segreto che riguarda la morte del signor Consonni è un altro, e non so, caro diario segreto, se avrò mai il coraggio di raccontartelo. E se qualcuno poi lo legge? Se lo legge la mamma? Tanto lo so che prima o poi ti troverà, e quindi non lo posso raccontare neanche a te. È una cosa molto grave, la sappiamo solo io e Gianmarco: anche se la rivelassimo il Consonni non tornerebbe a vivere, e noi finiremmo nei guai seri. Perché noi sappiamo chi ha ucciso il signor Amedeo. Cioè, di preciso le persone non le conosciamo, ma sappiamo perché lo hanno fatto, ed è tutta colpa nostra. Il casino lo abbiamo combinato noi, e ci è andato di mezzo lui. Ma di più non posso dirti. Riuscirò a tenere questo segreto per tutta la vita?

Donatella era superconfusa.

Soldi rubati al Consonni? Oh Madonna santissima! E quando, e come? Oh mamma mia che figura! E con le chiavi che avevo in consegna io! Ma come hanno fatto, e perché il Consonni non mi ha detto niente? Oddio...

E cosa sarebbe questo segreto sulla morte del Consonni? I bambini hanno visto qualcosa? E perché non lo dicono? Mah, chissà che cosa si sono inventati, ne hanno di fantasia. E si immaginano che la colpa sia loro. Questa mi puzza di una bella storia inventata. Figuriamoci.

Donatella non parve essere particolarmente colpita da questa balla del grande segreto. Invece lo era dalla questione delle sue letture.

E io leggerei delle schifezze? Ma se li leggono tutti quei libri. Mica dico che siano dei capolavori. È che mi svuotano la testa, quando li leggo non penso ad altro, almeno per un'ora o due. Mica sarà una colpa leggere i thriller scandinavi. Anche questa mi devo sentir dire.

Ma ecco un'altra lettera al Papi.

25 settembre

Caro Papi

Qualche giorno fa la profe ci ha parlato delle tasse. Cioè, non è che ce ne ha parlato, ci ha fatto leggere un brano sull'antologia che parlava di tasse, e poi ha detto che dovevamo fare gli esercizi. Lei nel frattempo doveva compilare il registro di classe. Abbiamo letto il brano che diceva delle cose un po' strane...

Si intitolava «Le belle tasse» e diceva che le tasse sono una cosa bella. C'era scritto che ci sono delle cose che dipendono da noi, dalla famiglia, come la casa, la macchina, le cose da mangiare che compriamo al negozio, le vacanze al mare, il computer, la play, eccetera. Invece ci sono delle cose che non dipendono da noi, e che se non pagassimo le tasse non ci sarebbero, come la scuola, gli ospedali, i vigili urbani che regolano il traffico, il parco pubblico, gli autobus, i musei, eccetera eccetera. Allora si pagano le tasse a chi ci governa e agli amministratori che impiegano questi soldi per fare tutte quelle cose. Poi c'era scritto che i governanti anche loro pagano le tasse. Mentre noi leggevamo il brano la profe era tutta indaffarata col registro di classe e non badava a noi. Abbiamo fatto anche gli esercizi, alla fine ce n'era uno di Produzione che diceva «E tu come ti poni davanti alle tasse? Sei d'accordo con il parere dell'autore? Sapresti fare un esempio per dimostrare che le tasse "sono belle"?».

Così è cominciata la discussione.

Ferrini ha detto che lui non era d'accordo e che non è vero niente che le tasse sono utili. Per esempio l'autobus non lo prende mai perché a lui a scuola ce lo portano in macchina tutti i giorni, e che poi comunque sull'autobus devi pagare il biglietto. Il parco e l'ospedale fanno schifo, e comunque all'ospedale paghi. Anche ai musei ti fanno pagare, allora paghi due volte. Comunque lui non va neanche ai musei, e allora perché li deve pagare se non ci va? E la scuola? Allora con le tasse ti danno le cose peggiori, lui a scuola se non fosse obbligatoria non ci andrebbe. E che le cose che a lui piacciono, le vacan-

ze, il computer, la play, sono tutte pagate dai genitori, mica dalle tasse.

Moschi era d'accordo ma ha rincarato la dose. Si fa per dire che la casa, la macchina ecc. sono cose dove le tasse non c'entrano, perché ci paghi le tasse solo perché ce l'hai. Uno si compra una casa e spende un sacco di soldi e deve pure pagare una montagna di euro di tasse solo perché ce l'ha. Ma cosa ci fa lo Stato con i soldi che prende dalle tasse sulle case, e sulle automobili? L'unica cosa che fa è prenderti i soldi.

Filini ha detto che le tasse sono come la schiavitù, uno lavora come un asino per quattro soldi e lo Stato gliene porta via la metà solo perché lui lavora. Ma è giusto?

La Margona ha detto che i governanti i soldi che i cittadini pagano con le tasse se li mettono in tasca, ecco perché il parco, l'ospedale, le strade e tutto il resto fanno schifo e si comprano ville per milioni. E poi loro le tasse le evadono perché hanno i soldi per pagare commercialisti che non gliele fanno pagare.

Non s'era mai visto un simile accordo in classe. La professoressa a un certo punto ha smesso col registro, e ci stava ad ascoltare. Poi ha letto il brano che ci aveva dato da leggere, si vede che prima non l'aveva letto. Poi ci ha detto che le tasse vanno pagate, sennò siamo nel Far West, e poi si è un po' confusa che senza tasse non ci sarebbero le carceri che servono a chiuderci dentro chi non paga le tasse.

Allora Ferrini ha detto che se non ci fossero le tasse non servirebbero neanche le carceri e sarebbe un bel risparmio per tutti. Si sono messi tutti a ridere. La profe, non sapen-

do più che fare, ha detto che era il momento di fare un po' di grammatica.

Cara Margherita

Vedi la questione delle tasse è un problema spinoso. Dipende dal fatto che c'è una differenza fra il mondo ideale e quello reale. Il mondo ideale, quello che vorremmo, dove gli ospedali funzionano, le scuole sono belle e luminose, i treni sono puntuali, veloci e costano poco, la legge è al servizio del cittadino, i parchi sono belli e puliti ed è un piacere andarci. Dall'altra parte c'è il mondo reale, e in Italia il mondo reale è più reale che in altri paesi. Da noi, i servizi pubblici sono orrendi, gli amministratori corrotti, la legalità inesistente, l'ambiente inquinato e sporco, ecc. ecc. Ci sono altri paesi, pensa alla Svezia, alla Danimarca, in generale ai paesi scandinavi, ma anche alla Germania, che pure è un paese enorme, o l'Olanda. Qui i servizi funzionano, e se qualcuno perde il lavoro lo Stato gli dà uno stipendio pari a quello che riceveva prima. E lo sai che lì si pagano meno tasse che in Italia?

Allora cosa dobbiamo fare in Italia? Non dobbiamo smettere di lottare, di lavorare per una società migliore: in fondo i modelli da seguire ci sono. Ti do un bacio.

IL PAPI

Santo cielo! Ci mancava solo che quello stronzo di Claudio scrivesse lettere alla libro *Cuore* alla bambina, per farsi bello, per «recuperare il rapporto», disgraziato, le faceva più confusione che altro. E di nascosto, in modo che io non ne sappia niente. *In Italia il mondo reale è più reale che in altri paesi*: ma cretino di un cretino, dove l'hai copiata questa scemata?

Per fortuna Margherita le venne incontro.

Scrivere queste lettere al Papi è una bella faticata. Che palle. Lo so che lui non vive un bel momento ma io allora? E gli devo raccontare quello che mi succede a scuola o nel pomeriggio. Ah, se lo sapesse. E poi la storia delle tasse, ha un bel coraggio! Quando tornava a casa ed era già un pezzo in là, con la bottiglia, quello delle tasse era uno dei suoi argomenti preferiti. Si incazzava come una iena: io mi faccio un mazzo dalla mattina alla sera, e lo Stato mi porta via più della metà, per darmi cosa? Boh, certe volte il Papi sembra dire quello che pensa veramente solo quando beve. Chissà cosa penserebbe o farebbe se sapesse il nostro segreto, diventerebbe pazzo, ne combinerebbe una delle sue. Eppure non sono per niente tranquilla, ho paura che prima o poi ci sarà una falla, e questa falla si chiama Gianmarco. Mi sembra sul punto di cedere, è sotto pressione. Ormai a scuola circola la voce che mio fratello è uno che vende droga. Mi sa che la voce è arrivata anche alle professoresse e alla preside. Nei gabinetti c'è scritto: «Giorgi spaccia merda». Lo tengono d'occhio e lui se n'è accorto. Ho paura che prima o poi qualcosa venga fuori sul serio. Karim è sparito ma se lo beccano da qualche altra parte e lui fa il nostro nome? Non ci sarebbe da meravigliarsi e allora noi che facciamo? Stranamente quei due puscier di via Padova non si sono fatti più vivi, ma se un giorno tornassero? Gianmarco è sicuro che insieme a Con-

sonni hanno fatto fuori anche loro. In ogni caso l'ultima che deve sapere qualcosa dei fatti è la mamma. Non reggerebbe.

Donatella era strabiliata: e adesso, che cos'è questa storia che io non devo assolutamente sapere? Un turbine di pensieri le si accavallava nella mente. E perché dicono che Gianmarco è un pusher? Mi sembrava che in questo periodo avesse la testa da un'altra parte. Ma che idiozie, come quando i suoi compagni di squadra a calcio dicevano che era gay. Roba da adolescenti imbecilli, le solite storie. Ma adesso questa storia del pusher. Sì, quel Karim non era un tipo molto raccomandabile, però lei era intervenuta, lo aveva allontanato, non lo si era più visto.

Perché non le aveva detto niente di quella faccenda che lo prendono di mira? Un'altra volta? Aveva qualcosa a che vedere con la droga? In effetti aveva capito che c'era qualcosa, era sempre serio e di cattivo umore: lei aveva provato a sondare il terreno ma quello si era chiuso a riccio. Ne aveva parlato anche con l'insegnante di italiano ma quella si interessava solo del profitto – nel caso di Gianmarco mai eccelso – e sosteneva che la terza media è un anno difficile, c'è l'esame, lo stress, poi la scelta delle superiori... E poi nel suo caso, da ripetente... Magari frequentava ragazzi più grandi... E se gli fosse capitato di fumare la droga? Donatella lo escludeva a priori, fra l'altro quelle rare volte che si concedeva una sigaretta (ne avrebbe fumata qualcuna in più ma certamente non poteva permetterselo) era sempre Gianmarco a intervenire duramente: «Mamma, ma che fai, fumi? Ti vuoi ammazzare? E vuoi ammazzare anche noi?». Era veramente di un radicalismo assoluto contro il fumo, figuriamoci se si sarebbe messo a fumare lui. Era evidente che era una (un'altra) cattiveria che qualcuno aveva messo in giro per invidia e gelosia. Però di questi tempi, si può mai sapere?

Donatella tremava, ma adesso si chiedeva cosa fosse accaduto veramente. Qual era il segreto? E che c'entrava il Consonni? Che l'Amedeo fosse finito in qualche guaio, immischiandosi in brutti giri di prostituzione, tratta delle bianche, probabilmente anche droga, lo sapevano tutti. Ma che ci incastravano i suoi bambini? Forse avevano visto il Consonni parlamentare con criminali incalliti, forse avevano rubato qualche conversazione, difficile immaginarsi qualcosa più di questo. Ma perché non si erano confidati con lei? Cosa si erano messi in testa?

E cos'era quella faccenda della morte di Consonni, del grande segreto?

Questa qui a Donatella sembrava una cosa da bambini. Sì, la scena era stata cruenta, ma per fortuna i suoi figli non avevano assistito. Ciò non toglie che potessero essere rimasti impressionati, che un fatto così terribile e sanguinario fosse avvenuto proprio sotto il loro balcone. E che avessero lavorato un po' di fantasia.

Il seguito del diario le impedì di pensarci meglio. Prima c'era un appunto sbrigativo.

C'è un concorso per studenti delle medie, un racconto su temi sociali, si chiama Raccontare è vivere, *è organizzato dal Ministero per alunni della Scuola Secondaria di Primo grado, quest'anno il tema è* I confini. *La profe vuole a tutti i costi che io partecipi perché secondo lei posso vincere, lei è disposta ad aiutarmi. Per ora mi ha dato anche qualche dritta: dice che secondo lei il tema della questione Israele-Palestina, dal punto di vista dei bambini, spacca.*

Poi una nota sulle attività in classe.

Oggi a scuola c'era l'ora di educazione sessuale, che ora si chiama educazione all'affettività. Ci spiegano le solite cose che già sapevo alle elementari, il semino, il pene, la vagina. Una volta ci hanno dato delle fotocopie con dei disegni abbastanza espliciti dove un maschio zompa addosso a una femmina e glielo mette dentro, la cosa si vede grazie a un effetto trasparenza come se le chiappe dell'uomo diventassero di vetro e si potesse vedere attraverso. Ci hanno dato anche altre fotocopie dove ci sono fotografie dei preservativi di varie marche, e anche alcuni disegni schematici esplicativi dove si spiega come si infilano. Però al posto del pisello maschile in erezione c'è un cetriolo o qualcosa di simile.

È successo il finimondo, il giorno dopo. Molti genitori si sono infuriati, dicendo che era uno schifo, e che in seconda media non si mostrano ai bambini certe immagini. Abbiamo dovuto restituire le fotocopie.

I genitori certe volte sembrano essere piuttosto imbecilli. Ma cosa vogliono che succeda a far vedere un disegnino do-

ve c'è uno che scopa. Io l'altro giorno mi sono messa a guardare un video cinese dove si spiega come fare i pompini. Non si trova su YouTube o su Google, ma mi hanno dato il link le mie migliori amiche. Fa un po' impressione perché ci sono dei maschi sdraiati su dei lettini, coperti da un telo, l'unica cosa che sbuca fuori verso l'alto è il pene dritto, ce ne sono di diverse grandezze ma le mie amiche, le grandi espertone, dicono che sono piccoletti perché sono cinesi. Ci sono delle ragazze che fanno lezione, si applicano con la bocca. C'è l'insegnante che spiega come si fa, e corregge gli errori principali. Però sembra di essere all'ospedale, e poi le alunne sono un po' impacciate, hanno paura del voto, come a scuola. In un altro video che mi ha linkato la Moniq c'è un negro con un affare gigantesco, non pensavo che i peni potessero arrivare ad essere così grossi. Ma forse è un fake.

Donatella era totalmente sbalordita, e decise immediatamente che avrebbe sequestrato il computer. Ma come fanno a succedere queste cose? E io non ne sapevo niente. Una lezione su come si fanno i... oh santo cielo.

Involontariamente ma rapidissimamente Donatella risalì alle sue esperienze personali coi rapporti orali: il compendio fu brevissimo. In effetti non ci si era mai trovata bene, in un paio di casi i partner avevano avuto da lamentarsi. E la bambina guardava le lezioni sul web. Santissima Vergine!

Ci vorrebbe più controllo, più controllo. Ma come si fa. E loro sono molto più bravi di noi, sul web trovano di tutto. Anche le lezioni di sesso orale!

27 settembre

Le mie migliori amiche sono delle troie! Le odio, le vorrei vedere morte. Parlano solo di sesso ma con me no perché dicono che non ne so niente e sono una bambina. Loro hanno già avuto le mestruazioni, quindi dicono che sono delle donne, potrebbero anche rimanere incinte, mentre io sono una stupida bambinetta. Parlano delle loro esperienze sessuali della scorsa estate. La Bene dice che passava tutto il tempo a baciarsi con un ragazzo di tredici anni di Varese, e che aveva provato ripetutamente l'orgasmo. La Moniq dice che lei si masturba regolarmente, sedendosi a cavallo del bracciolo della poltrona. La Sofia si vanta un po' meno, però è quella che si accanisce di più su di me, perché io non so niente.

Ma io come faccio? La mamma non mi dice niente, e meno male perché mi farebbe schifo sapere delle sue esperienze sessuali. L'unica cosa è che mi dice sempre di stare attenta, ma a cosa non lo so. Beh, sì, delle mestruazioni me lo ha detto, terrorizzandomi. Mi ha ripetuto cento volte che quando capiterà non devo prendermi paura, che non c'è niente di cui preoccuparsi, che è una cosa normalissima, che non c'è da aver paura del sangue, che è una cosa bellissima. Ma è talmente preoccupata che mi ha messo più paura di quanta non ne avevo già per conto mio. Spero che mi vengano presto, così non se ne parla più. Io cerco di accelerare le cose: ho letto su Google che le mestruazioni vengono prima se si vive nei paesi caldi e se si mangia il pollo arrosto, perché dentro ci sono gli ormoni. Alle eschimesi le mestruazioni vengono a diciott'anni, perché stanno sempre al freddo. Allora io faccio sempre il bagno caldo, e resto nell'acqua anche un'ora. La mamma si preoccupa, chissà cosa pensa che faccia. Forse pensa che mi masturbi, ma io a dire il vero non so mica come si fa. E quelle troie non me lo spiegano. Credo che però se non ti sono venute le mestruazioni non puoi mica masturbarti. Io fra l'altro credevo che si potessero masturbare solo i maschi. Lì ho le idee un po' più chiare. Gianmarco lo fa quasi tutte le sere. Mio fratello al computer guarda sempre i porno. Si infila sotto le coperte e copre tutto. Ma vede i porno, li riconosco dal sonoro. E si fa le seghe, anche due di seguito. Si sfrega il pisello e respira forte. Ci mette un paio di minuti.

Quindi se si masturba è ovvio che non è frocio. Imbecilli! Ma ora caro diario devo andare, sta arrivando la mamma.

Oh, Santa Madonna... Donatella si prese la testa fra le mani, cercando di ricapitolare la situazione. In pochi minuti le si erano aperti degli orizzonti del tutto nuovi e desolanti. La Marghe, la piccolina, la sua gioia, la ninina, a parte che aveva rubato i soldi al Consonni, veniva sbranata da quelle arpie delle sue amiche, ossessionate dal sesso, come quegli imbecilli dei loro genitori. Adesso gliela faccio vedere io a quelle stronze, adesso...

Forse che con lei non sono stata abbastanza chiara sul sesso e sulle mestruazioni? Ma se le ho anche regalato un libro cartonato, che mi è costato ben 16 euro, dal titolo *In quei giorni...* Lo sa la Marghe che io 16 euro li guadagno in un giorno? E cosa le devo dire, che le mestruazioni sono una cosa orribile? Voglio vedere lei quando sarà madre, ammesso che lo diventi mai. Si fa presto a criticare... quanto è difficile, per poi sentirsi dire che penso solo ai soldi. Ah, ah, quanto dolore.

Donatella non riuscì più a trattenersi, si mise di nuovo a piangere. Singhiozzava, sconsolata, immersa nei pensieri su Gianmarco che si masturbava sotto le coperte... E io che credevo che fossero eiaculazioni spontanee, a quell'età succede.

Sentì dei rumori arrivare dalla porta d'ingresso. Non si era accorta che era così tardi, le tredici passate, i ragazzi erano già di ritorno da scuola. Chiuse il diario, lo infilò nel peluche, appena in tempo prima che Margherita entrasse in cameretta. Questa guardò la madre con sospetto, mentre lei faceva finta di spolverare un ripiano.

«Mamma, che si mangia oggi?».

«Minestrone buonissimo».

«Bleah».

Donatella cercò di manifestare un comportamento normale ma era stravolta. Ebbe la tentazione di parlare subito con Margherita del problema, di progettare immediatamente una vendetta violenta, di... ma resistette alla tentazione, soprattutto perché doveva finire di leggere il diario.

A pranzo la madre, oltre a lanciare occhiate in tralice a Gianmarco per vedere se avesse gli occhi rossi o fosse un po' intorpidito, stava intorno a Margherita, opprimendola e facendole domande imbecilli come:

«Tutto bene oggi a scuola?», «Noi non parliamo mai, non trovi?» e roba del genere. Margherita avvertì che doveva essere successo qualcosa, ma ancora non capiva cosa.

Nel pomeriggio realizzò in via definitiva che qualcosa era accaduto, perché la mamma le disse, improvvisamente: «Oggi ho il pomeriggio libero, che ne diresti se io e te andassimo a fare shopping? Non ci andiamo mai...».

Cosa? La mamma la voleva portare a fare shopping? Cioè a dare un'occhiata, magari da Zara o da H&M o roba ancora peggio. Ma che cosa le era capitato? E i soldi dove li aveva trovati?

Questo non è difficile da dire: Donatella aveva deciso di ricorrere a una sua piccola riserva di 100 euro che teneva da parte per qualche emergenza: e non era un'emergenza questa?

Margherita disse che aveva da studiare moltissimo, storia, matematica e italiano, doveva scrivere un'altra scheda libro. Mentre lei era in camera ogni tanto Donatella si faceva viva, per controllare, col pretesto di chiedere: «Tutto bene? Hai bisogno d'aiuto?».

Ma l'apice fu raggiunto la sera, quando la mamma preparò una cena con i fiocchi, cotoletta alla milanese e patatine fritte, e da bere Coca-Cola, che di solito non era prevista, anzi era bandita, per via di una serie di motivazioni etiche e salutistiche. In più la tavola era ben apparecchiata, con la tovaglia e addirittura i tovaglioli di stoffa. Ma che era successo? Quelle circostanze, che di norma avrebbero reso Margherita contenta, la disorientavano. Era in arrivo qualche novità, qualche notizia?

Nella bambina non ci mise molto a nascere il sospetto: e se quella mi ha letto il diario? Ma non poteva crederlo. Per sicurezza la sera, dopo i vari aggiornamenti del diario stesso, ci infilò un capello in un angolino, in modo che se qualcuno ci avesse messo mano lei se ne sarebbe accorta.

Alle dieci e mezza Donatella andò a controllare che i bambini dormissero. Ronfavano tranquilli. Tranquilla lei invece non lo era per niente, e non riuscì a dormire, i pensieri le correvano in mille direzioni, alla fine delle quali c'erano sempre e soltanto quelle stronzette pubblicamente svergognate, dileggiate, severamente punite, assieme ai loro squallidi genitori.

Prese il suo libro, uno di Nesbø, proprio quelli che a Margherita facevano schifo. Si immerse nella lettura, e per una mezz'oretta non pensò più alle sue rogne, bensì a quelle di un serial killer norvegese che costruiva pupazzi di neve davanti alle abitazioni delle sue vittime.

La leonessa

La mattina dopo Donatella fece trovare ai ragazzi una prima colazione in piena regola: marmellata di frutti di bosco, composta di ciliegie, yogurt Sterzing-Vipiteno, biscotti Petit-Beurre, cereali biologici, Kinder Pinguì, e anche dell'uva bianca.

Margherita e Gianmarco si scambiarono, allibiti, alcune occhiate interrogative, gradirono soprattutto i Petit-Beurre, che si spartirono dopo averli contati.

La mamma aveva visto al cinema o alla televisione che nella maggior parte delle famiglie anglosassoni è a colazione che la famiglia si raduna, scambia due chiacchiere, in certi casi si espongono i propri problemi, a mente fresca. Provò con un: «E allora ragazzi, come si preannuncia la giornata? Qual è il vostro desiderio? Che cosa vi augurate che succeda oggi?».

Ma che, la mamma si è ammattita? pensarono contemporaneamente Gianmarco e Margherita. Non le risposero nemmeno, si allontanarono di tutta fretta, spaventati che la mamma avesse perso la ragione.

Prepararono muti gli zainetti, a dire la verità Margherita lo aveva già pronto dalla sera prima. Gianmarco ci cacciò dentro qualche libro a caso.

Appena usciti loro, Donatella voleva affrettarsi a riprendere la lettura del Diario Segreto. Ma aspettò qualche minuto, magari quelli tornavano indietro, si erano dimenticati la cartellina di educazione artistica o altro.

No, non tornarono. Lei riattaccò a leggere, famelicamente ma con paura.

28 settembre

Il Moresini rompe sempre i coglioni che non bisogna mangiare gli animali, perché sono vivi. Dice che noi che mangiamo la carne e il pesce siamo assassini. Lui dice che in casa sua sono vegani, e che i vegani sono migliori di quelli che mangiano la carne. Per merenda si porta dietro delle schifezze che gli prepara la sua mamma. Secondo me lo fanno per risparmiare, però lui dice che non è che a mangiare vegano si risparmia, anzi, costa di più, il che secondo lui dimostra che i vegani sono i migliori.

A casa nostra non è che si mangi tanta carne, non più di una volta al giorno: a me piacciono gli hamburger, di vitello e di pollo. Certe volte vado con la mamma al supermercato: gli hamburger non costano niente, e anche le fettine, alla fine è la roba che costa meno, la mamma ce li dà con delle patate fritte surgelate, dove noi mettiamo sopra il ketchup. Moresini dice che a casa sua c'è solo ketchup biologico, e che per questo loro sono meglio di noi. Io chiedo alla mamma sempre l'hamburger di pollo, così mi viene prima il menarca (questa parola l'ho imparata alla lezione di educazione all'affettività).

E poi questa storia che gli animali sono vivi e le piante no mi pare sia una cazzata. Ce l'ha spiegato la profe di matematica e scienze. Lei dice che sono altrettanto vive le piante, perché anche nelle piante c'è la replicazione cellulare, la traduzione dei geni in proteine, la riproduzione sessuata. Per ora non ci ho capito granché ma qualcosa mi dice che quello che spara Moresini sono delle scemenze. Il che non esclude che lo siano anche quelle che dice la profe di matematica e scienze.

Un intermezzo apparentemente tranquillo. E chi se ne frega se ci sono dei genitori vegani che rompono i coglioni e rincoglioniscono anche i loro figli? Ma dopo...

29 settembre

La Bene e la Moniq lo so che lo dicono e basta, però raccontano di esperienze omosessuali che loro avrebbero già fatto. Boh? Io non so cosa pensare. Se devo essere sincera se penso a un'esperienza sessuale mi fa abbastanza impressione sia avercela con un maschio che con una femmina. Forse sono sbagliata io. Vedere film porno non mi aiuta. Mi fa abbastanza schifo e non mi fa neanche divertire. Quegli enormi cazzoni mi fanno proprio paura: e io dovrei prenderne uno dentro la passerina? Ieri la Bene mi ha fatto vedere un video dove a una signora due maschi gli infilano i loro piselloni nel sedere, tutti e due insieme. Oddio mio.

Donatella avrebbe voluto sbattere la testa contro il muro. Madonna santissima. Via, via da qui, via da questa città, via da questo paese, via da questo mondo!

La mia Margheritina che si guarda i filmini pornografici, glieli fanno vedere quelle stronze! E dicono di avere avuto esperienze lesbiche. Che imbecilli, in che mondo ci tocca vivere. Ma come faccio adesso? Le parlo? Le proibisco di vedere le sue migliori amiche? Le impedisco di usare il computer?

Però gli occhi già le scorrevano sulla pagina successiva, e qui il diario non le risparmiava niente.

A me l'educazione all'affettività mi pare tutta aria fritta. Per questo mi sono procurata un libro di nascosto, un libro dove si parla veramente di sesso. Si chiama Cinquanta sfumature di nero. *L'ho rubato alla zia. Voglio sapere come funziona veramente il sesso.*

Anche questa, pensava Donatella, si è messa a leggere quelle porcate! E io che non mi sono accorta di niente. Bisogna che glielo tolga dalle mani, che glielo faccia sparire... Chissà dove lo tiene nascosto. Che poi non creda che il sesso è quella roba lì, sadomasochismo, torture, perversioni... Bella educazione sessuale.

Donatella cercò di ricordare l'ultima volta che aveva fatto l'amore, mah, amore è una parola grossa, diciamo sesso, con suo marito. Quando lui abitava ancora in casa con lei, tanto tempo prima. Lui era ubriaco fradicio e violento, le zompò addosso e cercò di penetrarla, ma col membro eccitato solo a metà non ci riusciva, fra l'altro lei opponeva resistenza. Il membro si afflosciò del tutto e lui si infuriò, dando la colpa a lei che era fredda e rigida come un pezzo di legno. Poi lui si cagò addosso, nel vero senso dell'espressione, e pulire toccò a lei. Mamma mia, solo ripensarci le faceva male. E io che le racconto alla Margherita? Eppure bisognerà che le parli, prima o poi.

Donatella abbandonata e disperata sul tavolo di cucina cercava di ricordare l'immagine del membro del suo ex marito. Si rese conto di non avercela presente. Forse non l'aveva guardato mai. Per l'appunto il diario continuava con questo.

30 settembre

Il compleanno

Ieri sono stata al compleanno di Xu, che si dice Sciu, il nostro compagno di classe cinese, quello ricco. I suoi hanno alcuni ristoranti (cinesi) a Milano e forse anche da altre parti. Xu ha una bella casa e per il suo compleanno la sua mamma ha preparato tantissime cose da mangiare, quasi tutte buone. C'erano dolci e dolcini, confezionati benissimo, a forma di fiori. C'era anche un cameriere. Da bere c'erano delle schifezze cinesi ma anche Coca-Cola e Fanta. Xu aveva invitato tutta la classe ma in tanti non sono venuti, eravamo otto. Tutti italiani. Comunque la Bene, la Moniq e la Sofi non sono venute.

È stato un bel compleanno: a Xu i suoi parenti hanno regalato roba costosa, per esempio un Samsung ultimo modello.

Il mio compleanno è il 6 gennaio, una data sfigata, non vi dico le battute, ah ah, comunque non ho mai avuto una festa perché sono tutti via, in vacanza. Forse meglio così, la mamma sarebbe in difficoltà a organizzare una festa di compleanno. A me piacerebbe, una cosa semplice, ma dove viene tutta la classe. Senza tante storie, quello lo invito, quello non lo invito, quella stronza non ci viene, guarda che merda mi hanno regalato.

Io vorrei solo schiacciata con la mortadella, e qualcosa senza mortadella per i musulmani. Senza invidia, gelosia, sfoggio, dispetti e falsità, come succede sempre con i compleanni, che poi le festeggiate fanno una scenata di crisi e di pianti, sono deluse, litigano e hanno lo stress. Ma tanto non capiterà, quindi in fondo non rischio niente.

Povera la mia Margheritina, povero fiorellino. Quanto sarà delusa di me, non ha mai avuto una festa per il suo compleanno. Ma come si fa, il 6 gennaio? Mica si può fare dopo, a febbraio. E tantomeno prima. Eppure a lei basterebbe una festicciola. Ma l'anno prossimo, costi quel che costi, la festa la faremo, non la solita cenetta noi tre e lo zio. Affitteremo un bel posto, col caminetto, staremo caldi e ci saranno dei giochi per tutti. Almeno i forestieri verranno, tanto quelli in ferie non ci vanno. E le sue migliori amiche le faremo venire dalla montagna, dove sono in vacanza. Pago io il biglietto. Ma sono piccole, mica ce le mandano in treno da sole. Vabbè, in qualche modo ce la faremo, a tutti i costi!

Purtroppo per Donatella il diario continuava così.

1 ottobre

Il telefonino della mamma

La mia mamma certe volte mi fa pena. Oggi all'uscita parlava con altre mamme. Si dovevano scambiare dei numeri ma lei ha detto che il telefonino l'aveva lasciato in macchina. Non ha voluto tirar fuori il cellulare perché ne ha uno vecchissimo e schifoso, come anche io, del resto. Allora lei dice che l'ha lasciato in macchina perché se ne vergogna con le altre mamme, che hanno l'iPhone e stanno sempre lì a sbandierarlo. Così lei dice che l'ha lasciato in macchina. Peccato che non abbia nemmeno la macchina.

Questa notazione fu per Donatella come una pugnalata. Era la pura verità, e lei non aveva proprio niente da replicare. Si vedeva tristemente smascherata, e dalla figlia, per giunta. Che lo sapessero anche le altre mamme che lei la macchina non ce l'aveva? Beh, cosa importa, in fondo. Ormai la macchina è diventata un oggetto obsoleto, non è più nemmeno uno status symbol. Beh, la mamma della Bene ha una Mini Clubman verde bottiglia. È carina, e lei la posteggia sempre nel mezzo della strada, perché la si veda per forza. Roba da buzzurri, tutto sommato.

Seguiva un altro testo stampato al computer.

2 ottobre domenica

Il libro del mese
Hosseini, Il cacciatore di aquiloni
Riassunto di Margherita Giorgi

Amir vive con il ricco padre Baba in una lussuosa e splendida villa insieme ai servitori Alì e il figlio Hassan. È orfano: sua madre è morta di parto e questo ha compromesso i rapporti con il padre che pensa che la colpa sia del bambino. Amir e Hassan sono amici nonostante siano molto diversi: Amir è sunnita mentre Hassan è sciita. Al di là di questo i due bimbi trascorrono un'infanzia serena tra letture di libri avventurosi e aquiloni: il primo è bravissimo a farli volare, il secondo è specializzato nella caccia agli aquiloni abbattuti.

Tutto cambia quando dopo un torneo di aquiloni, in un vicolo buio di Kabul (che è la capitale dell'Afghanistan), Hassan viene assalito e violentato da una banda di ragazzini con a capo Assef, un bambino che perseguitava spesso i due amici. Amir assiste impotente alla scena decidendo di non intervenire mentre Hassan più volte lo aveva difeso. Scappa come un vigliacco. I due amici si separano per sempre: tra loro si instaura la barriera del senso di colpa e della delusione.

Con l'arrivo a Kabul dei Russi Amir e Baba fuggono in America, mentre Alì e Hassan scappano da Kabul in seguito, ma rimanendo in Afghanistan. Amir a San Francisco si realizza, diventa scrittore, si sposa e conduce una vita serena fino a quando un giorno riceve una telefonata dall'Afghanistan dall'amico Rahim Khan, che gli chiede di andarlo a trovare.

Torna in patria trovando Kabul cambiata, ferita e il suo passato ritorna prepotentemente a galla. La guerra ha lasciato cicatrici profonde. Rahim Khan lo mette a conoscenza del fatto che Hassan è in realtà suo fratel-

lo: il padre Baba era andato a letto con la moglie del servo. Gli racconta che il vecchio amico d'infanzia si è sposato e ha avuto un figlio, Sohrab, ormai rimasto orfano per colpa di una mina, e gli chiede di andare a cercarlo per portarlo via dall'Afghanistan. Il bambino però non si trova più all'orfanotrofio perché è stato rapito poco prima dai talebani. Scopre che il capo dei talebani è Assef, e l'unico modo che ha per riavere il bambino è affrontarlo.

Alla fine, grazie all'aiuto di Sohrab, Amir riesce nella sua impresa. Tornare in America non è facile: il ragazzo deve necessariamente passare per un orfanotrofio per poter essere legamente adottato e la prospettiva lo abbatte al punto da spingerlo al suicidio. I due riescono infine a tornare in America, entrambi con profonde ferite difficili da guarire.

Il libro si conclude con una nota di speranza: il giorno del capodanno afghano, mentre gli aquiloni volano alti nel cielo, un timido sorriso compare sul volto del ragazzo, il primo segnale di distensione dopo il mutismo in cui si è chiuso. Zio e nipote, ormai padre e figlio, possono sperare in un futuro migliore.

Che palle! Mi sono fatta due palle così anche soltanto a leggere il riassunto. Ma perché ci fanno leggere questa roba? E che differenza c'è tra i sunniti e gli sciiti? Ho guardato per scrupolo su Wikipedia, ma non ci ho capito niente. E comunque a me che cosa me ne importa?

E poi il Papi mi scrive una lettera al giorno.

Cara Margherita

Sono molto contento dei tuoi buonissimi risultati scolastici, ne vado molto fiero, come se i bei voti li prendessi io.

Ma c'è qualcosa di cui vorrei parlarti, che ha segnato tutta la mia vita negli ultimi anni, e che ha segnato anche la vita della nostra famiglia: l'alcol. Come tu ben sai ho avuto dei seri problemi di alcol, che hanno portato il giudice a spezzare la nostra famiglia, separandomi da voi.

Ma il giudice ha semplicemente formalizzato una situazione della quale mi prendo al cento per cento la responsabilità, la colpa è tutta mia, e sono io che ho distrutto la famiglia mettendo voi, tu e Gianmarco, in estrema difficoltà.

So benissimo quanto male vi ho fatto, e quanto ne ho fatto a me stesso, è inutile che torni sull'argomento. Ti volevo solo dire che la società stigmatizza molto le condizioni come la mia, come se l'alcolismo fosse non una patologia ma semplicemente un cattivo comportamento: come se avessi rubato o ucciso qualcuno. Gli alcolisti, a parte i discorsi di circostanza, vengono colpevolizzati, senza considerare che le principali vittime sono loro, quelli che soffrono di più. E quindi l'alcolista deve praticare una guerra assolutamente impari: contro l'alcol, nemico insuperabile, almeno da soli. Contro se stessi, forse è quello il nemico principale. E contro la società, dentro la quale c'è anche tua moglie e gli altri, che ti considerano una carogna che merita soltanto di affondare in mezzo a un oceano di alcol. Non è che voglio fare la vittima, ma non mi sento neanche di essere il carnefice, come mi hanno det-

to tante volte, specialmente la mamma, senza la sua denuncia per me forse il calvario sarebbe stato meno duro.

Sono diventato un mostro, una bestia, e tutte le colpe erano mie. Anche quello che mi avete fatto tu e Gianmarco – questione sulla quale non voglio assolutamente tornare e che non racconterò mai a nessuno – si è rivoltato contro di me. Una cosa orribile fatta a me si è trasformata in un mio atroce delirio, volto a sacrificare addirittura i miei figli. Ma non voglio tornare su queste cose, a che serve? Ora sono concentrato su una nuova vita, magari non particolarmente esaltante – chi dà credito a un ex alcolizzato? – ma una lotta continua con le difficoltà.

Lo sapete che morirei per voi, voi due, e soprattutto tu, la mia cucciolina, siete la cosa che ho più cara, darei la vita per voi, e in fondo è quello che sto facendo.

Sto lottando perché la nostra famiglia si ricomponga, in qualche modo, anche se la mamma non ne vuole sapere: non la biasimo, lei può giudicare che la storia fra me e lei è finita per sempre. Ma può lei decidere anche sulla storia fra me e i miei figli?

Come in tutte le storie di disagio, a monte ci sta un conflitto, una sofferenza, una crisi. Nel nostro caso, come ci ha detto mille volte il consulente psicologico familiare, alla base c'era una crisi del rapporto di coppia, fra me e la mamma. Ma la colpa è solo mia, come è risultato ufficialmente? E perché? E se io, a fronte di questa crisi, sono quello che ha ceduto, che non ha retto, che si è dato all'alcol, allora sono io quello da colpevolizzare, da processare, da allontanare?

Ma forse, mi auguro, tutto ciò è acqua passata.

Adesso è più di un anno che ho fatto la detox, e ne ho viste tante che faccio fatica a ricordarmele: vivo in una schifosa casa famiglia con gente che ha un'infinità di problemi. Non ne posso più, eppure mi impegno al massimo. Ho accettato di fare un lavoro umile, il più umile che c'è, cioè il badante, ma non voglio lamentarmi: la sola idea di poter tornare a guadagnare qualche soldo e di darlo per intero alla famiglia, cioè a tua madre per voi, mi rende felice.

Ma basta con tutta questa malinconia, raccontami di te. La mia giornata così si scalderà di un affetto imbattibile.

IL PAPI

Un affetto imbattibile? Ma che scemenze dice questo imbecille. E quello che racconta poi, sul suo «calvario». Fa la vittima. E io allora? pensava Donatella, io non ho sofferto, io non lo sto passando il «calvario», brutto stronzo? Che carogna, che subdolo, adesso la principale responsabile di tutto il male che ci ha fatto sarei io? Furbo! E con me fa tutto il gentile, quello che si è pentito, quello che è tornato sulla retta via, ravveduto. Ma sotto sotto ai figli li vuole convincere che la colpa non è di nessun altro se non della loro mamma. E tira fuori ancora la storia della cella frigo. Va bene, il pasticcio lo combinarono i bambini, ma si può biasimarli? Loro lo avevano fatto a fin di bene, e io non ne sapevo niente, mentre lui è ancora convinto che la mente dell'operazione ero io.

Adesso la vittima è lui. E chi sarebbe il carnefice? Meno male che la Marghe non ci cascava e gli rispondeva per le rime.

Caro Papi,

ho letto in un libro in biblioteca che un alcolista rimane un alcolista anche se smette per sempre di bere. Anch'io adesso sono fiera di te perché vedo gli sforzi che fai per rimettere le cose a posto. Lo dice anche la terapeuta familiare, tanto per rassicurarci. Come si fa a non capire che la mamma proprio di questo ha paura?

Ma non avevi detto che di quella storia della cella frigo non ne volevi più assolutamente parlare? Eppure la ritiri sempre fuori. Ti pesa ancora? Vuoi colpevolizzarci? La terapeuta ci ha detto che gli alcolisti sono aggressivi, ma che spesso, come tutti quelli affetti da una dipendenza, assumono comportamenti vittimistici e colpevolizzanti. Scusa se parlo come un libro stampato ma io e Gianmarco ne abbiamo viste e sentite tante sull'alcolismo che potremmo scriverci un libro anche noi.

Ma io, Papi, ho molta fiducia in te.

E adesso smettiamola di parlare di alcol, no? Pensiamo ad altro, pensiamo alle cose belle? Ne hai da raccontarmi? Hai letto qualche bel libro?

La furbizia di Margherita non finiva di stupire Donatella. Contro l'insopportabile retorica di Claudio lei usava una controretorica al curaro: quell'accenno all'eventuale lettura di un bel libro – a suo padre! – non era una battuta velenosa?

3 ottobre

Le mie migliori amiche bevono.

La Bene e la Moniq mi hanno raccontato che si sono ubriacate. Hanno bevuto la vodka, che hanno rubato nel frigorifero. Dicono che è stato uno spasso, ed erano completamente fuori. Non so se è vero, a me mi dicono un sacco di balle. Comunque io l'alcol non lo voglio nemmeno assaggiare. Il Papi a forza di bere è finito nella merda, e ancora non ci è uscito. Secondo me ogni tanto qualche goccetto se lo fa anche la mamma, la sera, quando noi siamo a letto, si beve un bicchiere o due di vino. In confronto a quello che beveva il Papi è niente, però ho letto sul libro che le donne sono più sensibili all'alcol, gliene basta meno. Io non berrò mai neanche una goccia di alcol, perché fa diventare dei mostri anche la gente per bene. Alle elementari la maestra di scienze e matematica ci disse che l'alcolismo è un fatto genetico, cioè si eredita. Secondo me lo ha detto apposta perché sapeva benissimo che il mio papà è un alcolista. La Bene e la Moniq mi hanno raccontato che quando si sono ubriacate hanno avuto fra di loro dei rapporti lesbici. Si sono baciate con la lingua, e toccate la passerotta. Boh?

Che c'entra, tutti possono avere un momento di debolezza. Non posso averlo anch'io? Un bicchiere di vino ogni tanto non fa nessun male, anzi, dicono che fa bene. Ma come hanno fatto a vedermi? Da domani comunque la mia Margherita quelle là non le vede più, anche se le considera le sue migliori amiche. Qualche cosa mi inventerò, lei mi odierà, ma quelle stronzette zoccole non le vede più, se non durante l'orario scolastico.

4 ottobre

La lettura segreta della settimana
Cinquanta sfumature di nero
Riassunto

Ho cominciato a leggere questo libro ENORME *che mi hanno detto è molto spinto e descrive il sesso nei particolari. Non è vero niente! Prima che succeda qualche cosa ho dovuto leggere cento pagine, dico cento pagine, dove la protagonista rincontra il suo fidanzato, che è molto ricco e a un certo punto le regala un iPad. Parlano di quando stavano insieme che lui le faceva qualche cosa che a lei non piaceva, la picchiava? Lei lo desidera, e lui anche. Lui dice che lei deve mangiare di più, forse la vuole più grassa perché poi la vuole mangiare a sua volta? Boh, non ci capisco niente. Finalmente fanno l'amore, la faccenda è descritta in fretta e furia, lei glielo succhia e poi gli dice: «Ti voglio dentro di me», e lui dice: «Mi vuoi adesso?». E quando, mi domando io, a questo punto lei lo prende dentro, e godono tutti e due. Sì, ma che succede esattamente? Possibile che sia tutto qui? Fin qui ci arrivavo anch'io. Ma chi la prende l'iniziativa? Il maschio tocca la donna, la donna capisce e ci sta o non ci sta? Ho sentito dire che le donne prima del sesso si bagnano, a fare il petting, che più o meno credo sia toccarsi il culo e le tette (che io non ho, fra l'altro) così funziona meglio la lubrificazione. Ma in che consiste? E il preservativo lo deve mettere la donna all'uomo o se lo mette lui da solo? E quando lui gode cosa fa, oltre ad accasciarsi esausto? Si fa fatica? Si muove solo il maschio o tutti e due? Ci si muove solo in su e in giù o anche lateralmente? Il pisello resta eretto oppure torna normale? E qual è di preciso il ruolo del clitoride?*

Mah, adesso ne leggo un altro po' ma mi sa che è una fregatura.

5 ottobre

I sogni

A me con questa storia dei sogni mi hanno fracassato la minchia. Io non sogno mai di notte, e quelle poche volte che faccio dei sogni sono brutti e mi prendo paura. Vado in cucina e mi bevo un bicchier d'acqua e aspetto che i sogni non tornano. Invece tutti dicono che noi dobbiamo credere nei nostri sogni, ma quali? Io non ne ho. Io non suono uno strumento musicale, e per fortuna, perché tutti i miei compagni che i genitori hanno obbligato a imparare a suonare uno strumento, pensando che diventassero più intelligenti, poi hanno smesso e lo strumento lo hanno buttato nel cesso. Quindi non sogno di diventare una grande concertista internazionale. Io non faccio sport, tipo ginnastica artistica o nuoto oppure tennis, quelle cose che si fanno fare alle femmine, quindi non sogno di diventare una campionessa dello sport, che poi il fisico non ce l'ho. Non faccio danza, non canto in un coro, non scrivo poesie. E allora che devo sognare, di vincere col Grat-

ta e Vinci? No, perché del denaro a me non importa mica molto. Non voglio neanche fare la crocerossina che salva i malati, e neanche la suora. A scuola religione non la faccio, sono esentata. Forse l'unico sogno che ho sarebbe quello di avere una bella festa di compleanno, in una villa sontuosa.

Se dovessi fare un sogno beneaugurante lo farei su quegli sfigati dei miei genitori, che fanno una vita da schifo, sogno che le cose gli vadano un po' meglio.

Ma lo sognerei a occhi aperti, insomma, sarebbe un desiderio, mica un sogno. Ma a dirla tutta non è che alla fine me ne freghi granché. Ma allora tutti questi imbecilli che parlano dei sogni, ma di che parlano?

Il diario continuava senza pietà.

6 ottobre

Oggi pomeriggio ero con le solite stronze compagne di classe, a fare i compiti. Ma non facevamo i compiti, e mi hanno detto questo.

«Tu sei frigida, come tua madre, una vera donna sa far godere il suo uomo, e non deve fargli mancare niente».

Io avrei voluto spaccargli la testa ma non avevo niente da controbattere.

«Tua madre non ha saputo far godere tuo padre, ed è per quello che lui beve».

Io ho trovato un po' di forze e ho risposto.

«Ma non è vero, mio padre non beve più, ha smesso».

«Stai zitta, piccola zoccola, se non vuoi che ti faccia-

mo vedere noi. Qualcuno qui ti ha dato l'autorizzazione a parlare?».

«Zoccola sarai tu!».

«Certo, e me ne vanto. E so di cosa si tratta. Tu sei mai stata con un ragazzo? Tu non sai nemmeno di cosa stiamo parlando».

Quelle stronze erano in tre, e io sapevo come sarebbe andata a finire. C'erano già state discussioni, e in tutti i tre o quattro casi precedenti era andata a finire male per me. Mi avevano presa a botte, o mi avevano fatto bere la pipì.

Quelle stronze parlavano fra di loro.

«Mia madre sa come far godere un uomo e mi sta insegnando tutto».

Poi ci siamo messe alla finestra, osservando quello che succedeva per strada. È arrivato un ragazzo in motorino che si è fermato sotto la finestra. Quelle sceme si sono messe a fare le cretine per attirare la sua attenzione.

«Io me lo farei, quello lì» diceva la Bene, e io mi chiedevo che cosa intendesse con me lo farei.

Le cretine si abbracciavano fra di loro, simulando atteggiamenti lesbici, chissà dove l'avevano visto fare.

«Io mi farei quella là, e subito».

Si stringevano l'una all'altra, facendo gesti sguaiati senza conoscerne il significato.

Il ragazzino in motorino guardava perplesso quelle bambine, che avevano al massimo dodici anni. Lui è partito sgassando, e le bambine hanno dato la colpa a me: «Ti ha visto e se ne è andato. Tu, piccola troietta, ci rovini la piazza. E adesso devi pagare».

Siamo tornate in camera e Moniq mi ha mostrato alcune foto abbastanza osé che aveva postato su Facebook, dichiarando di avere diciannove anni.

«Anche tu devi postare qualche foto tua messa un po' bene. Altrimenti...».

Donatella avrebbe voluto strappare gli occhi alle migliori amiche di Margherita, quell'angelo sperduto e confuso. A dodici anni sono già così? A dire la verità Margherita di anni ne aveva dieci e mezzo, era un anno avanti, aveva fatto la primina, ah, che errore! Cosa fare adesso, cambiarle scuola? Adesso le madri di quelle troie mi sentiranno! Gliela faccio vedere io!

Ma lo spirito reattivo di Donatella fu sopraffatto dal bisogno di andare avanti nella lettura.

La pagina successiva cominciava con la brutta copia di un'altra lettera al Papi.

Caro Papino,

c'è una cosa che vorrei dirti. Non è un problema mio ma bisogna che te la dica. La cosa riguarda Gianmarco.

Ti ricordi quando dicevano che Gianmarco è finocchio, cioè, insomma, omosessuale? A scuola ne parlavano tutti. Io con Gianmarco non ne ho mai parlato, facevo finta di niente, figuriamoci. Però lui ne era al corrente perché era sempre nervoso. In più ogni tanto aveva un occhio nero. Lui diceva che era caduto giocando a calcio, ma chissà. Tu sai che per me non fa differenza se uno è gay oppure no. Io non mi vergognavo affatto però era meglio se non era gay.

Beh, adesso ce n'è un'altra, dicono che Gianmarco è un puscier, cioè vende la mariuana. Io lo so che non è vero però la faccenda mi mette un po' in imbarazzo con le mie migliori amiche. Loro mi prendono in giro, insomma, ci vado di mezzo anche io, per via della vergogna di avere un fratello così.

Insomma, la storia di Gianmarco gay è stata risolta dalla signora Mattioli: potresti chiederle se ci risolve anche questa? Lo so che lei adesso non c'è, ma tu magari potresti telefonarle.

Vorrei invece che tu prendessi sul serio la faccenda di Gianmarco, perché mi rende la vita difficile anche a me.

MARGHE

Donatella era destabilizzata: perché una semplice stupidata su suo fratello la metteva così tanto in difficoltà? Cosa c'era sotto? Il segreto che non poteva confessare neanche al diario?

Cara Marghi

Non ti preoccupare troppo se dicono queste cose di Gianmarco. Sono cose del tutto inventate, naturalmente. Con le tue amiche devi difendere tuo fratello a spada tratta. Devi essere orgogliosa di tuo fratello: sì, lo so, non è bravo come te a scuola, e anche come ala destra, o difensore, o portiere, insomma, dove lo mettono, non è granché. Però ha un gran cuore, e sono sicuro che in futuro si farà valere. Le tue amiche lasciale parlare, non contano niente.

Se vuoi con la preside ci vado a parlare io, la cosa va chiarita una volta per tutte.

PAPI

No, per l'amor del cielo, tutto ma non che vada a parlare con la preside, figuriamoci che cosa sarebbe capace di dirle, soprattutto se perde le staffe. Bisogna che parli immediatamente con Claudio, che se ne stia al suo posto. Assolutamente!

Ma il seguito del diario le impedì di pensarci meglio.

7 ottobre

Caro diario, vorrei morire. Quelle tre stronze hanno deciso che dovevo superare il rito di iniziazione, se no non potevo più frequentarle e non erano più mie migliori amiche. In casa della Bene i suoi genitori non c'erano, e neanche sua sorella grande. Loro si sono truccate con i trucchi della sua mamma e hanno truccato anche me. Poi hanno messo un pezzo di rock satanico. Mi hanno fatto leggere un foglio, dove io giuravo fedeltà assoluta alla Bene, che era il capo assoluto della Congrega delle serve del sesso.

Mi hanno tagliato un polpastrello con una lametta da barba del papà e poi mi hanno fatto firmare con il sangue. Non ho sentito tanto male, però dopo sì. Io credevo che fosse finita, questa storia della firma col sangue la fanno tutti. Poi c'era il rito vero e proprio: hanno tirato fuori quello che loro chiamano Il sacro profumo virile. È una bottiglietta di profumo da uomo a forma di banana. Me l'hanno fatta infilare dentro la passerina. Ho sentito un ma-

le cane e ho pensato di non essere più vergine... però di sangue non ne è venuto fuori. Bastarde!

Alla fine ho dovuto scrivere un inno al Dio dal Gran membro Virile. «Te che sei tanto brava a scrivere!». Non volevo farlo, ma ho dovuto, però lo so che terranno con sé questo inno, che mi hanno anche fatto firmare, e se non rigo dritto lo faranno leggere in giro, lo posteranno su Facebook!

Caro diario, vorrei proprio morire, e mi fa anche male la passerina.

Oh, santissima Madonna! Ma io quelle tre le ammazzo! Ecco perché aveva un cerotto sul dito!

A Donatella girava la testa, le afflùì troppo sangue al cervello tutto insieme. Pensò di stare per avere un malore, si sentiva sul punto di crollare a terra. Dopo qualche minuto di sbandamento si riprese un po' e gradatamente lo smarrimento venne sostituito da una reazione mista di odio e ferocia.

Riscorse le pagine del diario di Margherita sempre più furiosa, in lei si stava sviluppando una capacità reattiva simile a quella di una vera leonessa che difende le sue creature (e come leonessa le ha dovute difendere in precedenza dal maschio).

La prima e unica reazione della leonessa non fu quella di parlare con Margherita, cercare di chiarire la situazione, magari capire se c'era qualche esagerazione nel resoconto, o addirittura se c'erano elementi di invenzione, dettati ovviamente da un disagio innegabile. Non fu neanche di prendere informazioni presso, per esempio, le insegnanti di Margherita, e, in caso ci fosse una sufficiente ricettività nei confronti del problema, segnalarlo, discuterne, affrontarlo in modo equilibrato, per quanto possibile. Figuriamoci l'ipotesi di parlare con l'assistente psicologica della scuola, che riceveva una volta la settimana su appuntamento. Sicuramente sarebbe venuto fuori che i problemi li aveva principalmente Margherita.

Tantomeno in Donatella emerse l'esigenza di confrontarsi pacatamente con i genitori delle ragazzine in questione, questa era veramente l'ultima cosa a cui pensava in quanto mamma, perché quegli stronzi avrebbero sicuramente negato tutto, accusando magari Margherita di spargere fango sulle loro deliziose figliolette, per invidia e gelosia, come usa dire oggi.

E tutte le altre problematiche che emergevano dal diario, dalle manovre accerchianti di Claudio alle letture edificanti (per niente), dai segreti sul passato fra il marito e i figli ai problemi di Gianmarco, passavano in second'ordine, distanziatissime.

Donatella era semplicemente e soltanto accecata da uno spirito violentissimo di vendetta e di difesa della figlia. La sua idea principale era di annientare quelle stronze di ragazzine, avrebbe voluto tendere un agguato e picchiarle selvaggiamente, e al tempo stesso i suoi genitori, soprattutto quelle troie delle loro madri, cui voleva spaccare la testa. E poi scrivere una lettera alla preside, alla Repubblica, al prefetto e cose simili. In lei montava una rabbia cieca, accompagnata però da una fredda determinazione. Riuscì infatti a mantenere la calma e a decidere che avrebbe programmato una vendetta più sensata.

Adesso però bisognava sospendere la lettura, era quasi mezzogiorno, doveva uscire per fare la spesa e imbucare qualche lettera di richiesta di lavoro, per quello che poteva servire. Ma non riusciva a distogliere i suoi pensieri da quello che le occupava tutto il cervello, un progetto che doveva portare a risultati certi, definitivi e micidiali.

Le idee le affluivano in testa come un fiume in piena: bucare le gomme delle automobili dei genitori? Graffiarne le carrozzerie? Vandalizzarle con scritte volgari e disegni pornografici? Incendiarle?

Ma a che sarebbe servito, e che soddisfazione ne avrebbe ricavato lei? E Margherita che ci avrebbe guadagnato?

Pensò di andare nottetempo davanti alle case d'abitazione degli interessati, e scrivere con la bottiglietta spray sul muro di fronte messaggi sulfurei, del tipo: tua figlia Benedetta è una grandissima troia e fa i pompini col risucchio. Oppure: tua figlia Moniq ha il culo spanato. E roba del genere. Le mamme, si sa, se provocate non vanno per il sottile. Però la cosa non la convinceva: sì, ci sarebbe stato un pochino di scandalo, se ne sarebbe parlato, ma alla fine la colpa l'avrebbero data a qualche adolescente maschio (o anche femmina), insomma, roba da ragazzini. E invece qui occorreva colpire a fondo, e per sempre.

Continuava a convincerla il filone dello svergognamento pornografico di quelle zoccole e zoccolette. Poi si batté una mano sulla fronte, come a dire: come ho fatto a non pensarci prima! Un'idea assai più potente le si stava concretizzando negli emisferi cerebrali.

A pranzo fece trovare ai ragazzi lasagne comprate in rosticceria, riscaldate nel microonde, ottime. Poi c'erano delle crostatine, addirittura due a testa. Gianmarco e Margherita continuavano a scambiarsi occhiate interrogative, ma sorprendentemente, almeno per Margherita, la mamma non sottopose i figli a nessun interrogatorio, sulla scuola, gli amici, la giornata, lo stato d'animo e il resto. Disse che aveva da lavorare con il computer perché doveva perfezionare il curriculum e inviarlo ad alcune ditte di ristorazione che avevano messo degli annunci. In casa di computer ce n'era uno solo, che di solito monopolizzava Gianmarco, però fino alle cinque era fuori, a calcio.

Dunque, nel pomeriggio Donatella si mise davanti al computer, chiusa in camera.

Cominciò a cercare i profili FB delle tre troiette e li trovò subito. Li studiò accuratamente, non erano in alcun modo protetti, tutti potevano vedere le foto e i commenti, e sapere chi erano gli amici. Che cosa vomitevole! Ma quello che sconvolse Donatella furono le fotografie.

Le ragazzine si fotografavano mezze nude con sguardi ammiccanti, se non proprio da puttanelle incallite. Indossavano una mascherina tipo Banda Bassotti, ma erano riconoscibilissime, almeno per lei. In una foto la stessa Bene se ne stava a cosce larghe e in mano teneva maliziosamente una albicocca, alla quale si accingeva a dare un morso. In un'altra teneva una grossa banana avvicinandosela alla bocca aperta. Le altre due, Moniq e Sofia, facevano cose simili, comunque ciascuna nella sua pagina aveva messo più o meno le stesse foto, con tutte e tre insieme, in costume da bagno.

Roba da pazzi! Queste erano le bambine migliori amiche del suo tesoro. Ma che schifo! E chi lo avrebbe mai immaginato?

Senza contare ciò che le ragazzine scrivevano per accompagnare le foto.

«Eccoci qua, super affamati. Siamo le regine del sesso». Oppure: «Oggi sei un po' giù? Perché non vieni a trovarci?», o anche: «Siamo tutto sesso!».

Ma che cretine, ma che disgraziate. E i loro genitori lo sanno?

A Donatella venne la curiosità di controllare se anche i genitori di Benedetta e delle altre erano su FB. Non ebbe difficoltà a trovarli.

La madre della Bene era una di quelle che cambiano l'immagine del profilo tutti i giorni, e in ogni foto mostrava il décolleté. Postava affermazioni tipo «Oggi non ne posso più» oppure «Vaffan<ulo a chi

so io», o anche «è una giornata di quelle che si manderebbero tutti affan>ulo». Suo marito invece era un appassionato di mountain bike, e litigava con quelli che non gradivano certe manifestazioni di velocità in discesa sulle piste da sci, con la bici. Che stronzate! Anche lui doveva essere un bel vanitoso perché nella foto del profilo era a torso nudo con sguardo ammiccante.

I genitori della Moniq erano un po' più sobri, ma la moglie discuteva accanitamente sulla diarrea di Alessia Marcuzzi e sulla questione del gene BRCA e Angelina Jolie, che chiamava affettuosamente Angelina e basta.

Padre e madre della Sofia non li trovò. In effetti la figura della Sofia non era ancora chiara al cento per cento. Donatella non capiva se fosse una stronzetta anche lei o una semplice vittima come la Marghe. Su di lei sospese un po' il giudizio e la sua offensiva, per il momento, non l'avrebbe toccata.

Così Donatella cominciò a lavorare sull'idea che era maturata nella sua testa. In poco tempo allestì un profilo di un maschio ventenne fascinoso e figo, Angelo In Canna, lo chiamò, corredandolo di foto di un bel ragazzo biondo e spogliato con la tartaruga sulla pancia. Le foto le rubò sul web dal sito di un australiano. Sapeva come si faceva. Anche lei, da brava quarantenne, aveva un profilo FB, le era capitato di ricevere richieste di amicizia da due persone diverse, giovani maschi, che utilizzavano le stesse foto.

Per creare il nuovo profilo certo ti chiedono un indirizzo mail, col quale ti possono tracciare. Ma Donatella non era mica scema: ne creò uno nuovo su G-mail: Angeloincanna333, e con quello aprì il nuovo profilo FB.

Lo arricchì di alcune affermazioni: «Svegliarsi è sempre un problema, se non hai accanto qualcuno che...». «Una bella doccia fredda è l'unica soluzione, in certi casi, voi che ne dite?».

Donatella cominciò a chiedere amicizia a destra e a manca, un po' a caso. Fece una cinquantina di richieste: in trentasette gliela accordarono, e cominciarono ad arrivare richieste per lei, cioè per lui.

Quindi Donatella chiese l'amicizia delle tre zoccolette. Presto si sarebbe visto!

Gianmarco quando tornò dall'allenamento di calcio rivendicò il computer, con urgenza. La mamma gli disse che stava mandando dei curricoli (sic), ancora un quarto d'ora al massimo, durante il quale Gianmarco andò in crisi di astinenza.

Lei chiuse il suo account e gli consegnò il computer, senza avere la minima idea di che cosa avrebbe, a breve, scatenato.

Donatella fremeva, sentiva l'urgenza di fare qualcosa, allora, senza pensarci troppo, sfortunatamente, telefonò a Claudio, dicendogli con tono perentorio che aveva bisogno di parlare con lui.

Gli disse con una certa agitazione che dovevano vedersi, dovevano parlare di una cosa assai importante.

E all'incontro occorreva che non fossero presenti i figli, doveva essere una cosa fra di loro, vis à vis.

«Ma di che si tratta?» domandò sorpreso Claudio.

«È una cosa molto importante che riguarda la nostra famiglia».

L'immaginazione di Claudio corse subito avanti, dove voleva lui. Pensò che finalmente era venuto il momento, dopo tanti sacrifici, dopo tante sofferenze. Allora impegnarsi così duramente era servito a qualcosa: Donatella aveva messo da parte anche le ultime resistenze, forse convinta da Margherita, per via delle lettere, ed era pronta a riaccoglierlo nel seno della famiglia e della casa (che fra l'altro apparteneva a lui, la cosa prima o poi andava messa nero su bianco).

«Quando ci vediamo?» le chiese.

«Prima possibile, anche domani».

«E i ragazzi?».

«E se ci vedessimo domattina, mentre sono a scuola?».

«Ma ci vediamo a casa?».

«No, a casa no! Troviamoci fuori, da qualche parte, in un posto dove si possa parlare. Che ne dici all'Acquario, verso le dieci?».

Trovarsi all'Acquario? Che posto romantico! Allora Donatella faceva sul serio.

«Va bene».

Claudio era in un brodo di giuggiole. Così Donatella gli voleva ancora un po' di bene? Era disposta a riprovare con lui? O invece era una trappola?

Non facciamoci illusioni, Claudio cercò di mantenere i piedi per terra, si fidava di Donatella diciamo al

70 per cento, mentre Donatella si fidava di lui, approssimativamente, al 37 per cento.

Già si era pentita di averlo chiamato.

Marghe tornò a casa verso le sei. Era di pessimo umore, si chiuse in camera senza dire niente. A cena neanche si presentò, disse che non aveva fame e che aveva la nausea. Restò dov'era, forse ad aggiornare il suo diario, chissà cosa le avevano fatto oggi quelle là.

Così Donatella a cena si trovò da sola con Gianmarco, buio e silenzioso, navigava col computer senza dire una parola.

Per la madre poteva essere l'occasione giusta per affrontare il discorso sul pusher: provò a farlo, con un timidissimo accenno. Sorprendentemente la reazione del figlio non fu quella di minimizzare. Pareva allarmatissimo. Si vedeva che cercava di capire se la mamma era venuta a sapere qualcosa, temeva che Margherita avesse parlato.

Anzi la buttò tutta su Margherita: «Che ti ha detto quella cretina?».

«Niente, assolutamente niente, è che mi è arrivata una voce».

«Mamma, smettila, lo so che quell'idiota ti ha raccontato qualcosa».

«Ti giuro che lei non mi ha raccontato proprio niente. Ma, a me puoi dirlo, c'è qualcosa da raccontare?».

«Ma niente, mami, cosa vuoi che ci sia. Sono cretinate che dicono a scuola».

«Ma c'è per caso di mezzo quel Karim?».

Gianmarco ebbe un sussulto. Allora la mamma sapeva?

«Dimmelo, dimmelo che quella cretina ti ha detto tutto!».

«Ma tutto che?».

«Ma niente, no?».

A questo punto né Gianmarco né Donatella avevano le idee chiare: lui temeva che la mamma sapesse già quello che voleva sapere, per colpa di quella imbecille. Lei temeva che ci fosse qualcosa da sapere che lei non sapeva.

Gianmarco si alzò di scatto ed entrò in cameretta, chiuse violentemente la porta.

Disse qualcosa a sua sorella, cercando di mantenere basso il tono della voce.

«No, no e no!» urlava Margherita. «Sono stata muta come un pesce».

«Dimostramelo!».

Donatella si avvicinò alla porta, per origliare.

Quello che non poteva intuire è che in cameretta i due si facevano dei cenni, principalmente quello di stare muti.

Margherita sbirciò dal buco della serratura e intravide la sagoma della mamma, quasi appoggiata alla porta.

Riprese a urlare: «Che ti piace la Martina non l'ho detto assolutamente a nessuno!» e intanto faceva gesti a Gianmarco come se dovesse continuare.

«Lo so che glielo hai detto».

«Non è vero, te lo giuro!».

«Imbecille!».

Poi le acque si calmarono, Donatella si allontanò, scuotendo la testa.

Ah, così il problema è che al Gianmarco gli piace la Martina?

La mattina dopo Donatella si accingeva alla terza e ultima seduta di lettura ma questa terza seduta di lettura non ci fu perché il diario non c'era più: evidentemente Margherita si era accorta che qualcuno lo aveva aperto e aveva cambiato nascondiglio. La madre provò a cercarlo, senza risultati. Che se lo fosse portato a scuola?

Così Donatella non poté leggere quello che la bambina aveva scritto negli ultimi giorni. Chissà che altro le avevano fatto quelle criminali.

Se lo doveva aspettare che Margherita avesse dei sospetti, ma aveva già letto abbastanza.

Accese il computer e riaprì il profilo Facebook, che rispondeva al nome di Angelo In Canna.

Grandi novità.

Le reazioni all'operazione intessuta da Donatella avevano assunto dimensioni che lei non si sarebbe neanche immaginata. Prima di tutto ricevette un numero altissimo di richieste d'amicizia, da parte di gente di tutti i generi: altre ragazzine, ragazzi arrapati, anche profili ambigui di maschi e di femmine di tutte le età. Donatella non era molto pratica di FB. Accettava incondizionatamente tutte le amicizie, d'altronde era garantito l'anonimato, pensava.

Alcune ragazzine, avevano tutte sui 19-20 anni ma dalle foto sembravano assai più piccole, le mandavano fotografie volgarissime. Una bambina che doveva avere più o meno la stessa età di Margherita si masturbava con un dildo di legno, scolpito a forma di castoro da un tipo che conosceva lei. Arrivarono anche richieste di giovani dell'Est.

Un gruppo consistente fra coloro che si erano interessati ad Angelo In Canna erano comunque donne che si dichiaravano trentenni ma che probabilmente di anni ne avevano qualcuno in più. Almeno a giudicare dalle fotografie. Ma forse le foto erano false o truccate anche quelle e allora se ne mettevano di fasulle eppure dimostravano 40 voleva forse dire che nella realtà erano sui 60? Quindi, a una prima statistica, le ammiratrici di Angelo erano quattordicenni che facevano finta di essere più grandi, o quaranta-cinquantenni e oltre che facevano finta di essere più giovani. Chissà se fra quei membri di generazioni diverse non ci fosse qualche caso di rapporto di parentela, magari madre/figlia. Ma no, ma no, FB è talmente grande!

Ma tutto ciò non contava niente, per Donatella. Niente! Quello che contava era che quelle tre imbecilli, quelle carogne schifose, quelle tre zoccolette, erano tutte, tutte e tre, cascate nella rete. A distanza di pochi minuti l'una dall'altra avevano accettato l'amicizia, e già avevano cominciato a postare testi e immagini all'indirizzo di Angelo.

Donatella era gasata e allibita: le bambine avevano postato immagini imbarazzanti di loro stesse seminude. I commenti erano raccapriccianti, del tipo «Ti piace farlo in tre?» oppure «Sono tutta bagnata» e roba del genere, che le bambine copiavano e traducevano da altri profili di ragazzine americane.

Donatella provò una grande soddisfazione, un cosiddetto rinforzo, che è poi a quanto dicono il motivo per cui la gente passa il suo tempo sui social, compulsivamente. E qui il rinforzo era bello grosso, c'erano cascate come delle imbecilli e la cosa era soltanto cominciata.

Rispose subito alle cretine. «Vorrei sapere di più di te. Ormai ho avuto troppe delusioni. Bambine immature che del sesso non sanno niente e che si fanno belle su FB. Cosa puoi provarmi?» e anche «Mi sembri una bambina. Ma sei una donna vera? Ce l'hai davvero diciott'anni?».

Donatella si stupiva di come potessero venirle fuori queste schifezze, ma anche lei sapeva che sui social si diventa altre persone e si perdono i freni inibitori. Non voleva staccarsi più, guardò anche gli altri messaggi che erano arrivati ad Angelo. Ce n'era per tutti i gusti.

Una madre cinquantenne che aveva probabilmente un figlio della sua età avrebbe gradito un incontro. Un'altra madre cinquantenne invece si offriva per provare a ricondurlo sulla strada del ravvedimento. Una diciannovenne disse che le sarebbe piaciuto conoscerlo, solo per parlare con lui, scrisse un post lunghissimo sulla sua vita, i suoi gusti, le sue aspirazioni di diciannovenne. L'asino cadde quando citò il voto che aveva preso alla maturità: «Il minimo sindacale, 36», senza sapere che dal 1997 il minimo con cui si passa all'esame è 60. Evidentemente proprio diciannovenne non era.

Si era fatto tardi, e lei aveva l'appuntamento con Claudio. Bene, gli avrebbe raccontato di quello che stava subendo la figlia da quelle tre aguzzine. Sulla questione di Angelo In Canna avrebbe sorvolato. Gli avrebbe riferito il suo parere sulle dicerie su Gianmarco pusher? Per ora forse era meglio di no, comunque si sarebbe visto.

Si incontrarono dunque all'Acquario Civico, un luogo dove in un paio di occasioni si erano dati appuntamento da fidanzati, ben prima del restauro, il luogo allora era fatiscente, ma forse più ricco di fascino. Forse perché, ai bei tempi, avevano visto il film *La signora di Shanghai* e la famosa scena degli squali nell'acquario. C'è stato un periodo in cui le coppie di amanti (e anche le scolaresche) frequentavano gli acquari, adesso non verrebbe in mente a nessuno. Che fosse stata la metafora degli squali feroci a far scegliere a Donatella proprio quel luogo? Pensava alle tre amichette di Margherita come a tre squali cannibali? Tuttavia all'Acquario di Milano di squali non ce ne sono, forse una verdesca, o un gattuccio, roba del Mediterraneo che alla fine siamo noi a mangiare.

Claudio portò con sé dei fiori, che Donatella non guardò nemmeno, aveva tutt'altro da pensare.

Non aveva alcuna intenzione di parlare dell'eventuale ritorno di Claudio a casa: piuttosto voleva sapere di che cosa lui fosse al corrente relativamente ad alcune questioni riguardanti sua figlia, visto che «sei entrato in confidenza con lei per via epistolare, e probabilmente anche con Gianmarco».

«È lei che te lo ha detto?» interruppe Claudio, in

parte soddisfatto, in parte no, che la discussione avesse preso questa piega e non un'altra.

Donatella non si voleva sbottonare, voleva sapere quanto il marito sapesse, per poi chiedergli aiuto, ma senza esagerare, perché se no chissà quello cosa avrebbe pensato.

Però Claudio delle questioni importanti sembrava non sapere niente. Diceva cose banali tipo: «Quella bambina è un diamante», «Ha una sensibilità squisita», «Ci vuole tanto bene».

Delle altre faccende «che la mamma era meglio non sapesse», come dei soldi rubati al Consonni, e soprattutto del grande segreto che aveva, secondo Margherita, a che fare con la morte del Consonni, Claudio sembrava non essere al corrente.

Così Donatella dovette parlare. Raccontò a Claudio solo una piccola parte di quello che aveva scoperto leggendo il diario, in particolare che la Marghe veniva maltrattata, irrisa e bullizzata dalle sue amichette, e che ne soffriva.

Al solo udire che la cucciola attraversava un momento di difficoltà a causa della cattiveria di quelle stronzette Claudio avrebbe: 1) bevuto volentieri una mezza bottiglia di rum; 2) sottoposto le tre ragazzine incriminate a violenza carnale; 3) distrutto le abitazioni e le suppellettili appartenenti alle famiglie di quelle troie.

Donatella lo riportò alla ragionevolezza. «Noi non faremo niente di tutto questo. Quando sarà il momento agiremo nelle dovute maniere... ho già mosso le prime pedine, ma tu non devi dire niente a nessuno, non devi alzare un sopracciglio».

«Un sopracciglio?».

«Non ti sognare neanche di scrivere una delle tue insulse lettere a Margherita su questa faccenda, deve rimanere un segreto fra noi due. Se fai una sola mossa ti scordi per sempre di tornare a casa (oddio, aveva toccato il tema!), dico al giudice che sei tornato alla carica con minacce e comportamenti pericolosi!».

«E allora che devo fare?»

«Prima di tutto devi smettere di scrivere quelle lettere a Margherita, le confondi le idee, le fai perdere tempo e oltretutto, non credere che non me ne sia accorta, sei piuttosto ambiguo su di me, come se alla fine della fiera di tutti i casini che hai combinato una parte di responsabilità ce l'ho io. E poi la distrai, con tutti i problemi che ci sono, credi che lei abbia il tempo di scrivere a te sul problema delle tasse?».

«Ma quando le hai lette le mie lettere? Te le ha fatte leggere lei?».

«Non fare il finto tonto, gliele hai scritte con lo scopo preciso che alla fine le leggessi io, mi prendi per scema?».

«Non dire così, io credo molto alla possibilità di ristabilire un rapporto fra me e Margherita, e anche con Gianmarco».

«Ah, allora è vero quello che pensavo, scrivi lettere anche a lui».

«Sì, ma lui non mi ha mai risposto, dopo la terza non gliene ho più mandate».

«E della storia del pusher, tu ne sai niente?»

«Un pusher? Intendi dire uno che spaccia la droga? Ma che stai dicendo?».

Claudio fece finta di non saperne niente, e Donatella se ne accorse. Così si rese conto che l'incontro era completamente inutile, si pentì di averlo convocato, non avrebbe avuto altro risultato che complicare i problemi. E infatti così sarebbe stato.

Donatella tornò a casa appena in tempo per mettere in tavola. Aveva comprato altre lasagne al ragù in rosticceria, e anche due dolci al cioccolato. Nonostante il buon pranzetto i ragazzi erano scuri e silenziosi.

«Com'è andata oggi a scuola, bambini?».

Nessuno dei due rispose: Gianmarco, mentre ingurgitava le lasagne, giocava col telefonino, Margherita leggeva un libro, la copertina non si vedeva perché la bambina l'aveva ricoperta con un foglio di giornale.

«Che stai leggendo Margherita, con tanto interesse?».

«Un libro».

«Quello lo vedo, ma che libro è?».

«Un libro che ho preso in biblioteca».

«E chi è l'autore?»

«Bianca Pitzorno».

«Ah, e come si intitola?».

«Uffa mamma, mi fai leggere o no? Lo devo finire entro domenica».

Finito il dolce Gianmarco artigliò il computer e si

chiuse in bagno. «Devo fare una ricerca» disse, ma Donatella sospettò che non fosse vero.

«Più tardi ne ho bisogno io».

«Ma mamma!».

Donatella chiese a Margherita se nel pomeriggio sarebbe andata da qualcuna delle sue amiche.

«No!» rispose inviperita la bimba.

«E perché?».

«Mamma, lasciami stare!».

La madre pensò che quel giorno non l'avessero invitata a fare i compiti con loro. Certamente era stata liquidata perché c'erano altre cose da fare, e quindi non la volevano fra i piedi. Evidentemente lei ne soffriva. In effetti se ne stette tutto il pomeriggio da sola in camera, forse a scrivere altre pagine del diario, forse a leggere quel suo libro segreto, forse a rimuginare, senza mettere il naso fuori. Donatella ogni tanto si avvicinava alla porta per orecchiare: silenzio. A un certo punto bussò, chiedendo a Margherita se voleva la merenda. La risposta fu perentoria: «Non ho fame».

Gianmarco uscì verso le cinque per andare da Martino Asnaghi. Questo Asnaghi abitava dietro l'angolo. Era antipatico a tutti ma possedeva tre PlayStation, oggetto che a Gianmarco non era mai stato regalato.

Donatella riuscì a mettere le mani sul computer soltanto allora.

Al profilo In Canna erano arrivate altre foto delle ragazzine: foto che veramente lasciavano poco all'immaginazione, perché di immaginazione ne era stata utilizzata molta per congegnarle.

In una la Moniq indossava mutande e reggipetto (anche se lei il petto non ce l'aveva, se non un accenno) di pelle nera in stile sadomaso: i due capi le stavano molto grandi, che fossero di qualcun altro, per esempio di quella grandissima troia della sua mamma? Il reggipetto (!!!) in corrispondenza dei capezzoli era dotato di due spunzoni di metallo, le mutande filo interdentale lasciavano tutto il sedere in vista. La Moniq era sempre stata la più alta del terzetto, una ragazzona, però il suo fisico era sempre quello di un'adolescente. Più smaliziata la Bene, che si era fatta fotografare accovacciata su una statuina africana di legno. Teneva una mano sulla passerotta quasi ci avesse infilato dentro qualche cosa, e simulava un'espressione orgasmatica, almeno come se la immaginava lei.

Che schifezza! E io lascio mia figlia con queste deficienti totali?

Ma come faccio adesso a vietarglielo? Si insospettirebbe, capirebbe, mi odierebbe.

Purtroppo le ragazzine erano sempre mascherate, e a Donatella serviva che fossero riconoscibili.

Provò a contattarle via chat (in diretta), e le beccò.

«Voglio vederti in viso» messaggiò alla Bene.

«E tu che ci fai vedere?».

«Più che farvelo vedere ve lo farei sentire».

«Tutta gomma, e chi mi garantisce che tu esisti veramente?».

«Provare per credere».

«Comincia tu».

«Va bene, vado a farmi una foto pensando a te, dammi un minuto».

Donatella ricercò furiosamente sul web un'immagine di un bel pene in erezione. Non le fu così difficile. Era una foto di un siriano che diceva di chiamarsi Morad. A recuperare l'immagine e a richattarla ci mise qualcosa di più di un minuto.

«È tutto tuo» commentò.

A questo punto, nel pieno della chat, arrivò Gianmarco, che rivendicava il computer a tutti i costi. Donatella dovette sospendere, non prima di postare l'ultimo commento: «Adesso devo andare, arriva qualcuno, vuol dire che di questo bel cazzo ritto, grazie a te, ne favorirà qualcun'altra. Ma tu adesso mandami le foto, foto per davvero, voglio vedere che non sei una bambina».

Nonostante Donatella avesse intimato a Claudio di starsene buonissimo e di non fare assolutamente niente, ebbene, ciò non accadde, anche perché in quei giorni lui non aveva niente da fare, prima che la signorina Mattei-Ferri tornasse da Salsomaggiore. Così Claudio gironzolava, con le mani nelle tasche del suo consunto impermeabile, che in altre epoche gli dava un aspetto sano e borghese, adesso gliene dava un altro, molto meno sano e borghese. E Claudio si mise a girare intorno a casa della Benedetta, ne conosceva l'indirizzo perché una volta si era reso disponibile per riaccompagnare –

a piedi – le ragazzine a casa dopo un pomeriggio in parrocchia.

Al tramonto era lì che guardava in alto, verso l'appartamento dei Mascheroni, che cosa si aspettasse di intravedere o di scoprire nessuno lo può sapere. Comunque qualcuno lo notò, e si chiese chi era quello lì e perché guardava gli appartamenti condominiali da sotto.

Lui, che doveva tornare alla casa famiglia di via Cirenei, la tirava più in lungo possibile, credendo di fare qualcosa di utile, si aggirava, osservava, con le mani in tasca, ma non vide niente di interessante. Alle sette si allontanò, senza accorgersi che una signora, con una specie di turbante in testa, dal secondo piano lo osservava dalla finestra a luci spente e immaginava che quell'uomo non doveva essere uno normale. Che voleva? Che faceva? Chi era?

La sera a cena Margherita mantenne l'atteggiamento silenzioso e indisponente. Continuava a leggere il suo libro senza far vedere di che cosa si trattava.

Donatella aveva preparato le crêpe, utilizzando un arnese che le avevano regalato per le sue nozze, e che, a sua memoria, era stato utilizzato una volta sola. Le crêpe erano con miele, con la marmellata di albicocche e con la Nutella.

Margherita teneva gli occhi fissi sul libro, senza dire una parola, ostentatamente.

La mamma non resistette più e le strappò il volume dalle mani, voleva sapere cos'era che stava leggendo sua figlia, quali porcate. Vide il frontespizio, e rimase assai sorpresa, una grossa sorpresa, era la Bibbia, e Margherita stava leggendo un capitolo che si chiama Qoelet!

«Mamma, ti odio, ti sembra giusto quello che hai fatto? Non posso avere la mia privacy?».

Donatella non aveva la minima idea di che cosa fosse il Qoelet, ma si rese conto di averla fatta grossa.

Oddio cosa ho fatto, cosa ho fatto, si rammaricava. E la mia cucciola sta leggendo la Bibbia. Nient'altro che la Bibbia. Santo cielo.

«Scusa amore, scusa. È che sembri così arrabbiata. Credevo fosse a causa del libro, mi sono preoccupata».

«Io ti odio, mamma, tu non capisci niente. E le crêpe facevano schifo».

Margherita andò a chiudersi in camera.

Gianmarco assistette alla scena con indifferenza, stava leggendo la «Gazzetta», che aveva preso, previo permesso, al bar.

I bambini andarono a letto, nella rabbia e nel silenzio.

Donatella rassettò la cucina, con la televisione accesa. Al Tg parlavano di una bambina di un anno che era stata sbranata dal pit bull dei genitori. Peraltro il sapone per i piatti era finito, usò quello per il bucato, quasi finito anche quello.

Alle undici e mezza Donatella si affacciò nella stanza dei bambini. Dormivano. Recuperò il computer da sotto le coperte di Gianmarco e si chiuse in camera, per riprendere il lavoro. Era mortificata, ma presto il suo stato d'animo cambiò.

Ed eccole le foto, scattate in bagno: Benedetta, senza maschera, con la faccia truccata come una vecchia bagascia, seminuda, con atteggiamenti provocanti e inequivoci.

Bingo! Quasi quasi Donatella, adrenalinica, si dimenticava dello screzio con la figlia.

La stessa cosa aveva fatto Moniq, più o meno, ma era talmente truccata che non la si riconosceva.

Comunque a questo punto un bel materiale era disponibile, non serviva altro. Adesso scattava la fase 2 del piano, ma Donatella la rimandò al giorno successivo, era troppo stanca, eccitata e anche preoccupata. Però dentro di lei la carica non si era esaurita, anzi.

Andò a letto e continuò a leggere il suo libro di Nesbø. Il serial killer era arrivato al quarto pupazzo di neve.

Claudio, nel tormento, sapeva di doversi assumere delle responsabilità, e non restò con le mani in mano. Quindi, inopinatamente, la mattina successiva si presentò di buonora a scuola, chiedendo di conferire con la preside, perché aveva da discutere di alcuni gravi problemi che riguardavano suo figlio Giorgi Gianmarco.

La preside, che era nella sua stanza, tramite cenni, smorfie, espressioni facciali di ogni tipo, cercò di far capire alla segretaria che lei non c'era per nessuno, tantomeno per il padre di Giorgi Gianmarco, uno studente che le aveva già dato sufficienti grattacapi. Ma la segretaria non capì niente, se non il contrario di quello che doveva capire, e fece entrare il signor Giorgi, il quale, con la sua aria dimessa e il suo impermeabile consunto, teneva le mani conserte, mentre ossequiava la preside.

«Buongiorno signor Giorgi, sono contenta di vederla, di solito ho parlato con sua moglie. Qual buon vento?».

Claudio sudava freddo, avrebbe gradito avere fra le mani qualcosa da stropicciare, per esempio un cappello, ma il cappello non lo porta più nessuno. Gradatamente, con mille riguardi, affrontò il discorso su Gianmarco.

«Insomma, signora preside, certe voci saranno giunte anche a lei, mio figlio è sottoposto a un fuoco di fila, circolano voci che è uno spacciatore, e bisogna mettere al più presto fine a queste dicerie».

«Gianmarco spacciatore, ma mi faccia il piacere, ma che sta dicendo, in questa scuola non ci sono spacciatori».

Mentiva spudoratamente, perché nella primavera scorsa c'era stato un allarme droga mica da ridere. Qualcuno vendeva fumo di qualità a prezzi stracciati, direttamente nelle classi. Ma che motivo c'era di dirlo al signor Giorgi?

«Ma ne è sicura? Non le risulta niente?».

«Si figuri... I ragazzi ne dicono tante. Si ricorda quando dicevano che...». Si fermò in tempo. «Lo sa quante ne dicono su di me?».

«Mah...».

«Non ci pensi più. Fra una settimana cambieranno argomento e non se ne parlerà più».

Allora era vero che se ne parlava?

La preside tagliò corto, ma concluso questo argomento Claudio non riuscì a trattenersi e introdusse il tema della figlia e del bullismo.

«C'è un'altra cosa di cui vorrei parlarle, signora preside, e questa volta riguarda mia figlia Margherita, Seconda E».

«Ah, il genietto della scuola, quella bambina ci darà molte soddisfazioni, è estremamente intelligente, a differenza...».

La preside si bloccò, anche stavolta, in tempo.

«Sì, Margherita è molto intelligente, però c'è qualcosa che ci preoccupa e che vorrei segnalarle».

«Dica, dica».

«Beh, non c'è nulla di sicuro, ma pare che nostra figlia stia subendo comportamenti bullistici da parte di certe sue compagne di classe».

«Bullismo? Il bullismo in questa scuola non c'è. Cioè non abbiamo segnalazioni, non ci sono casi conclamati, nessuno mi è venuto a relazionare...».

Mentiva anche stavolta, praticamente in ogni classe si segnalavano dei casi, alcuni più evidenti, altri meno, ma la preside cercava di seppellire ogni notizia, e soprattutto i fatti andavano nascosti, nessuno doveva sapere che esistevano situazioni simili. Una volta la stessa preside aveva sostenuto che «questo è contrario ad ogni ragionevolezza: nei casi di disagio occorre che chi lo prova sappia che ci sono molte altre persone che attraversano le stesse difficoltà. Denunciare apertamente i casi non fa sentire sole le vittime». Invece nei fatti tendeva a insabbiare tutto, per il buon nome della scuola e per non avere grane. Per di più la Seconda E era una classe considerata tranquilla, senza rischi, parecchie famiglie a posto.

«Io so che esiste il bullismo anche al femminile, e io e mia moglie ci stavamo chiedendo se... Un minimo di attenzione in più... insomma, mi sento in dovere di segnalarle che... poi sa, mia figlia ha fatto la primina, è un anno avanti».

«Lei crede che noi stiamo qui a pettinare le bambole? Crede che non teniamo le antenne drizzate, che non ci sia la massima attenzione? Noi monitoriamo tutto, e dovesse succedere qualche cosa di storto saremmo i primi a saperlo. Quindi non si preoccupi, e stia tranquillo, e soprattutto non stia a raccontare in giro di queste storie, che poi la gente si monta, i genitori, figuriamoci».

«Mi sentivo in dovere di segnalarglielo, la mia fiducia nella scuola è massima, si figuri».

«Ah, bene, problema risolto».

Claudio in realtà pensava che il problema non fosse risolto per niente, però adesso doveva andare. Aveva qualcos'altro in mente.

«Buongiorno signora preside, e grazie».

«Arrivederci signor Giorgi».

Uscito il Giorgi la preside scosse la testa. Sapeva benissimo delle innumerevoli traversie di quell'uomo malvestito: un alcolizzato, che viveva, allontanato dal nucleo familiare, in una casa famiglia. Pover'uomo. E chissà cosa gli aveva raccontato la figlia: tanto bravina, tanto secchiona, ma una viperetta, andiamo. D'altronde, con questi pregressi familiari...

Donatella nel frattempo si era rimessa al lavoro, a questo punto non si scherzava più.

L'obiettivo vero e proprio non erano quelle mentecatte di ragazzine, bensì colpire quei porci dei loro genitori. Voleva che gli stronzi infilassero la testa sotto terra dalla vergogna – d'altronde le ragazzine le foto se le erano fatte o no? – e che le figlie fossero espulse dalla scuola, a meno che i genitori non decidessero autonomamente di portarle tutte e tre in un altro istituto, lontano da Margherita.

Copiò le foto postate dalla Benedetta e dalla Moniq e per prima cosa le postò sulle pagine dei rispettivi genitori, commentando: «Guardate cosa fanno le vostre belle bambine, e cosa scrivono!».

Contemporaneamente mandò le foto alla mail della scuola, indirizzate alla preside, sempre utilizzando l'indirizzo In Canna. Per sicurezza inviò le foto agli indirizzi delle ragazzine, tanto loro non proteggevano nessun accesso o diffusione, così le loro amiche e i loro amici (compresa la Marghe!) avrebbero visto tutto.

Infine le mandò anche al «Corriere della Sera», redazione di Milano: «Questo è quello che fanno le giovani adolescenti milanesi!». Praticamente titolò da sola il pezzo.

Dopo aver cliccato l'ultimo invio Donatella spense immediatamente il computer. Non voleva vedere cosa sarebbe successo. Come se spegnendo il PC il suo anonimato fosse garantito, nessuno l'avrebbe potuta mai scoprire. Tuttavia, come spesso succede in questi casi, dopo pochi minuti se non secondi fu presa da una serie infinita di dubbi o di rimorsi. Oddio, ho combinato un casino. Oddio, e adesso cosa succederà?

Così per tutta la giornata non riavviò il computer, non ne voleva sapere niente. Fra l'altro serviva anche a Margherita, che doveva scrivere (cioè copiare) un'altra scheda libro. La bambina dovette litigare furiosamente con Gianmarco per disporre del PC per un'oretta. Urlavano talmente forte che alla fine dovette intervenire la madre, per stabilire degli orari.

Purtroppo Claudio, dopo la visita alla preside, non dette la sua missione per assolta completamente. Aveva aspettato fuori dalla scuola più o meno fino all'ora dell'uscita e si era piazzato a un centinaio di metri di distanza. Da lontano osservava il deflusso degli alunni. Aveva intravisto Margherita, e anche Gianmarco, che a schiena china si incamminavano verso casa. Aveva adocchiato la Moniq, una delle migliori amiche della Marghe, e senza farsi notare si era posto sulle sue tracce e l'aveva seguita fino a casa, non abitava lontano, un bel casamento di tre piani.

Restò un po' in giro per i giardinetti condominiali. Con quell'impermeabile da esibizionista lo avrebbero notato in molti, anche lì. Gironzolò nei pressi della palazzina, in teoria più prestigiosa di quella dove abitava Benedetta, in pratica no, le valutazioni al metro quadro in quella strada erano più basse.

Nel pomeriggio Donatella aveva una commissione

da fare: una strana commissione. Da chi sa dove, in Italia o all'estero, l'aveva chiamata la signora Angela Mattioli dell'appartamento 2 per chiederle un favore, visto che Donatella aveva ancora le chiavi sue e quelle del povero Consonni. Doveva cercare in entrambi i locali un oggetto che era appartenuto proprio al Consonni, ma la Mattioli non si ricordava dove potesse essere: forse nell'appartamento del defunto, in bagno, nel mobiletto pensile dietro lo specchio, oppure nella piccola cassettiera accanto al bidet. Si trattava di un oggetto che serviva principalmente a togliere i peli del naso e quelli delle orecchie, un utensile elettrico Braun per parrucchieri, difficile da trovarsi in commercio, soprattutto in certe zone della penisola. Ecco, Donatella avrebbe dovuto essere così gentile da cercarlo, trovarlo e impacchettarlo, e poi spedirlo a un particolare indirizzo.

La Mattioli, con una certa cafonaggine, specificò a Donatella che il tempo perso le sarebbe stato risarcito.

«Ma si figuri signora Mattioli, è roba di dieci minuti, piuttosto, mi dica come sta?».

«Eh, come vuole che stia. Si cerca di fare fronte. Ma non è facile».

Beh, dopo la morte del Consonni la Mattioli era come se fosse vedova. Però non erano mica sposati, quindi non era neanche vedova, pur dovendone provare tutti i dolori relativi.

«Ci sono novità nelle indagini? Hanno scoperto qualcosa sugli assassini?».

«Macché. Nessuna novità. Buio assoluto. Ma la prego, mi faccia questo favore».

«Ci vado subito».

Donatella non poté fare a meno di chiedersi a cosa potesse servire all'Angela un attrezzo tipicamente maschile per tagliarsi i peli del naso e quelli delle orecchie. Mah, si vede che ce li ha anche lei.

Così prese le chiavi e andò nell'appartamento del Consonni. Che tristezza entrarci. Quei locali, in precedenza così ben arredati e ben tenuti dall'ex tappezziere, erano in cattive condizioni. Forse per via delle perquisizioni della scientifica, forse per la sciatteria della figlia Caterina, forse per il semplice passare del tempo in una casa dove non abita più nessuno, gli ambienti erano tristi, desolati e disordinati. Roba buttata per terra, il parquet, sul quale fra l'altro Donatella aveva passato diverse ore quando si occupava delle pulizie in quella casa, era macchiato, opaco, secco. I tendaggi di sete pregiate erano sbilenchi e polverosi, la camera da letto dissestata. Che malinconia.

Senza difficoltà Donatella trovò in bagno lo strumento in questione. Era una specie di rasoio elettrico in formato penna stilografica. Provò ad accenderlo. Funzionava.

Nell'appartamento 15 i ragazzi approfittarono della sua breve assenza per chiarire alcuni punti: in qualche misura erano già informati di quello che era successo su Facebook, come poteva essere altrimenti, ma affrontarono un'altra questione, quella dello spaccio e la triste fine di Consonni: che fare? Scrivere una lettera anonima alla polizia? Margherita buttò giù una bozza di lavoro.

«Noi sappiamo perché è stato ucciso il signor Amedeo Consonni. Sono stati degli spacciatori che lo hanno eliminato perché lui aveva ficcato il naso nei loro traffici. Loro usavano come magazzino un piccolo vano nascosto nella casa di ringhiera dove abitava Consonni; lui ha trovato la roba e l'ha portata via. Loro lo hanno scoperto e lo hanno eliminato. Sono due ragazzi magrebini di via Padova, i nomi non li sappiamo».

«Mi pare che faccia schifo».

«Allora scrivilo tu, pezzo di cretino».

«Stai zitta, la mamma sta tornando».

Donatella, con il tagliapeli in mano, sapeva che non avrebbe avuto il coraggio di riaccendere il computer e di andare su FB per vedere l'esito delle sue mosse.

Ma a cena si rese conto che qualcosa doveva essere accaduto. Sicuramente Margherita ne era informata, e anche Gianmarco, che prendeva in giro la sorella. E se la cosa era giunta all'orecchio di Gianmarco voleva dire che era di dominio pubblico.

Donatella avrebbe desiderato che i figli parlassero, che venisse fuori qualche cosa: Margherita era nerissima in volto e con lo sguardo fisso davanti a sé, che ogni tanto defletteva rivolgendolo a suo fratello per inviargli fiamme ardenti, che volevano dire: «Una sola parola e ti fulmino». Gianmarco non era di cattivo umore, e ogni tanto ridacchiava senza togliere gli occhi dal telefonino.

Subito dopo cena i due si infilarono in camera, e la loro madre non riuscì a sapere niente.

Solo alle dieci e mezza riuscì a recuperare il portatile, che scottava. Subito andò su Facebook, ma ebbe una bella sorpresa: la pagina di Angelo In Canna e quelle delle tre ragazzine non c'erano più, erano state rimosse.

Il giorno dopo nessuna delle tre, Benedetta, Moniq e nemmeno Sofia, nonostante quest'ultima non comparisse nelle foto postate da In Canna, andò a scuola, e tutti e quattrocento gli alunni della scuola Media Statale Calvino-Vittorini non parlavano d'altro. Il tam tam dei social funzionava meglio di qualsiasi altro strumento di informazione e nonostante le pagine FB delle ragazzine fossero state chiuse (così come anche quella del molestatore) le foto erano state salvate e circolavano alla grande, raggiungendo altissimi vertici di popolarità. In quasi tutte le sezioni ogni insegnante ebbe difficoltà a ottenere l'attenzione, i pochi alunni che non erano incollati al cellulare si scambiavano bigliettini e informazioni.

Benedetta e Moniq erano state riconosciute.

Nell'ufficio della preside l'atmosfera era elettrica e disperata. Già arrivavano telefonate da genitori, giornalisti, il Ministero, furono convocate le insegnanti delle ragazzine in questione, Seconda E. La classe di Giorgi Margherita, quella col padre alcolista, che però nella faccenda delle foto non era coinvolta.

In rete già se ne parlava su blog e siti di informazione, per non dire poi proprio di Facebook, dove le foto rimbalzavano all'impazzata.

I compagni e le compagne di classe delle due furono assaliti all'uscita, in cerca di dichiarazioni. Una compagna che la Bene detestava dichiarò di lei: «La ragazza più dolce del mondo». Un'altra invece, e possiamo anche immaginare chi fosse, noi che abbiamo letto una parte del diario segreto di Margherita, disse: «Quelle si vantavano sempre di aver già avuto rapporti sessuali. In classe non erano considerate proprio delle santerelline».

In breve il caso fu sulla bocca di tutti. Stranamente in pochi si chiedevano chi fosse il signor In Canna e quali fossero le sue intenzioni e perversioni. Fu subito scoperto che le foto appartenevano a un ragazzo australiano, e si sospettò presto che il soggetto che le aveva utilizzate non avesse affatto vent'anni, ma molti di più. Una fitta schiera di persone aveva da dire la sua sui rischi di questo Facebook, terreno fertile per la pornopedofilia, dove migliaia di pervertiti potevano imperversare a loro piacimento. Molto più fitta però era la schiera di coloro che si concentravano sulle ragazzine, e sulle eventuali (più che eventuali, certe) responsabilità dei genitori e del mondo pornografico in cui si vive. In fondo al centro di tutto c'erano delle dodicenni che si mostravano nude e che dicevano porcate.

Lo spettatore medio si indignò: «Ma come, due bambine, ma dove siamo arrivati, allora è tutto vero? Non ci saranno di mezzo anche i genitori?».

Questo tipo di opinione prese abbastanza piede, per fortuna gli interessati avevano chiuso i loro profili FB perché se no avrebbero dovuto fronteggiare una lunga fila di «Ve la siete cercata», o peggio.

E Donatella?

Non si può certo dire che il suo obiettivo non fosse

stato in qualche modo raggiunto, tuttavia anche lei dovette rendersi conto di aver sollevato un vespaio assai più grande di quello che si era immaginata. Cominciò anche a temere a questo punto di averla fatta grossa, e di essere a rischio.

Quando, prima di mezzogiorno, andò dal panettiere le quattro o cinque clienti parlavano ovviamente del caso, già informatissime.

«Non ci credo che quelle lì abbiano dodici anni».

«Ma tu l'hai viste le foto?».

«Sì, me le ha fatte vedere mio figlio, sul telefonino».

«Un bello schifo».

«Ma fosse solo una questione di fotografie... dovresti leggere quello che dicono queste qui».

«Ah, io se fossi la loro madre mi ammazzerei».

«E i genitori che hanno detto?».

«Mah, per televisione non si sono visti».

«Chissà che gente è».

«Mi sa che se la sono cercata».

Donatella, una volta tornata a casa, accese la TV e si sintonizzò su un canale locale di cronaca. Mostravano le foto con un ovale grigio sui volti, trattandosi di presunte minorenni.

Quando i ragazzi tornarono a casa la mamma cercò di parlarne con Margherita, ma quella ostentava un mutismo denso di significati.

«Come è andata oggi a scuola?».

Silenzio.

«Ci sono novità?».

Silenzio.

«Hai parlato con qualcuno?».

Margherita restava in silenzio, e neanche aveva appetito.

Gianmarco invece era quasi gasato del fatto, lui e i suoi amici si erano fatti delle grosse ghignate. A scuola non si parlava d'altro e la parola d'ordine era diventata «Sono tutta bagnata».

Qualcuno si era preso la briga di stampare la foto che era diventata più celebre, quella che aveva spopolato sul web, in una trentina di copie e le aveva attaccate ai cancelli della scuola.

In poco tempo il fatto arrivò ad avere eco a livello nazionale, e parecchi esperti dissero la loro. Bisogna pensare che eravamo nel 2011, ancora eventi del genere non erano all'ordine del giorno, almeno in Italia, e se esistevano già siti specializzati per adolescenti infestati da pedofili di mezza età se ne sapeva poco.

Le colpe venivano imputate al sistema scolastico, alla laicizzazione della società, alla televisione, alla perdita dei valori e alla pornografia dilagante, all'11 settembre, e chi più ne aveva più ne metteva.

Il caso fu rapidissimamente al centro dell'attenzione di psicologi, massmediologi, sedicenti esperti del mondo adolescenziale, e una bella serie di scrittori, soprattutto scrittrici, che avevano da dire la loro. Una disse che si trattava di roba superata, lei l'aveva già scritto in un suo romanzo anni prima, era quasi innervosita, come se le ragazzine l'avessero copiata.

Da un punto di vista prettamente sociale nel paese si sarebbe presto diffusa una breve ondata di rigorismo nelle famiglie, intorno all'uso del computer da parte dei figli e ad altre libertà frettolosamente concesse. Genitori che non avevano mai fatto caso a niente, che non esercitavano alcun controllo sull'uso che i loro figli facevano del computer, ritenendo che «tanto quello è il futuro», e che lasciavano tranquillamente giocare i figli piccoli, anche di un anno di età, per dodici ore consecutive con l'iPad, adesso giuravano che avrebbero proibito tassativamente l'uso di qualsiasi strumento informatico e digitale, anche a costo di creare crisi violentissime di astinenza e di pianto. Molti padri avrebbero costretto figlie e figli a cancellare le loro pagine FB, cosa che fra l'altro è complicatissima a farsi ed entra in funzione soltanto dopo 15 giorni. E allora un'altra raffica di critiche ai social, che tutto sommato su queste cose ci campano e fanno i miliardi. Rapida sui giornali sarebbe stata la comparsa di articoli, pilotati, stesi da esperti che assicuravano: «La colpa non è di Facebook».

Si sarebbero prese misure drastiche, fra le quali, messa in essere a effetto immediato, il sequestro dei telefonini. Ragazzine disperate si sarebbero abbandonate a scene isteriche, in confronto la minaccia di essere trasferite di scuola, dalle suore, era acqua fresca. A parte il fatto che non necessariamente andare a scuola dalle suore ha effetti importanti e duraturi sulla moralità delle alunne.

E chissà cosa era successo all'interno delle mura domestiche delle famiglie direttamente interessate. Nessuno lo sapeva. Rigoroso silenzio, e le ragazze non misero più piede fuori di casa. Sofia era rimasta ai margini dello scandalo, perché Donatella non disponeva di sue foto, tuttavia anche lei non fu mandata a scuola, per sua espressa volontà.

I genitori di Bene e Moniq probabilmente avevano passato le bambine al terzo grado, minacciandole di ogni possibile ritorsione, poi, superate le crisi di rabbia furibonda, quasi sicuramente le famiglie avevano capito che il problema era serio e che bisognava riferirsi a dei consulenti psicologici e a un avvocato.

E cosa dicevano le bambine? Probabilmente giuravano che loro non avevano fatto niente, che le fotografie erano dei fotomontaggi, che era tutta colpa della Martina (la nemica). All'esterno invece si manteneva il massimo riserbo, più volte fu proposto ai genitori della Bene di rilasciare un'intervista esclusiva (15.000 euro) per una rete televisiva o per un periodico (12.000 euro) ma non furono accordate.

La situazione sembrava non sgonfiarsi, anzi, montava sempre di più. E si arrivò, come c'era da aspettarsi, alla svolta più tragica.

Claudio non aveva smesso di gironzolare, proprio vicino a casa di Benedetta. La signora con quella specie di turbante in testa lo rivide e mobilitò il marito.

«Guarda Nanni, c'è quello dell'altra volta».

«E chi è?».

«Cosa ne so».

«Vado giù a vedere».

Il signore scese le scale. Sfortunatamente per Claudio era un maresciallo in pensione, e la sua nipote – che abitava al piano di sotto – frequentava la stessa scuola di Benedetta Mascheroni. Spesso le due, insieme ad altre, tornavano da scuola insieme.

Poi i fatti precipitarono.

Stava succedendo qualcosa proprio al quinto piano, quello dove abitava la famiglia Mascheroni. La gente indicava in alto, la casa dove stava la ragazzina delle foto pornografiche. Lo sapevano tutti i vicini, passando di lì non si riusciva a non guardare verso quelle finestre. Ma adesso lì stava accadendo qualcosa di strano, le porte e le finestre non erano più sbarrate, le tapparelle erano alzate. Presto in basso cominciarono a formarsi dei gruppetti di curiosi, in breve il loro numero aumentò, però non si capiva bene.

«Che stanno facendo?».

«Mah, a saperlo...».

Anche Claudio si unì a quella comunità di impiccioni, però fu raggiunto dall'ex maresciallo inviato dalla moglie.

«Scusi, ha bisogno?» gli disse.

«Eh? Cosa? Come?». Claudio trasecolò.

«Dico, ha bisogno? Cosa sta cercando qua in giro?».

«Io? Niente. Niente. Sono qui di passaggio».

«Non è la prima volta che lei è qui di passaggio».

«Le assicuro, è un caso, io...».

Claudio non aveva nessuna presenza di spirito. Poteva tranquillamente dire che era un agente in borghese con l'incarico di sorvegliare la zona, alla ricerca di persone sospette, tra le quali forse poteva trovarsi il pedofilo maniaco in questione. E invece non lo disse, così fra le persone sospette venne a trovarsi lui.

Sul cornicione una ragazzina disperata urlava: «Voglio farla finita!».

Cronaca di una tragedia veramente accaduta

Come c'era da aspettarsi, il tentato suicidio di Benedetta Mascheroni godette fin dal primissimo momento di un'enorme attenzione mediatica.

La ragazzina dal terrazzo pare avesse scavalcato la ringhiera e fosse salita su un cornicione, e minacciava di buttarsi dal quinto piano.

Urlava, strepitava, piangeva. Diceva che la sua vita era rovinata, che non aveva più senso vivere... che il mondo era fatto soltanto da persone crudeli che ce l'avevano con lei (perché poi non era in grado di spiegarlo). Quando qualcuno si rese conto della situazione lei era vicino alla finestra del bagno. Proprio da quella finestra i suoi genitori, il fratello e un sacerdote cercavano di farla desistere.

«Benedetta, non fare pazzie».

«Benedetta, qui ti vogliamo tutti bene».

«Benedetta, stai calma, avvicinati a noi».

In basso, in mezzo a decine di auto posteggiate si era assiepata una folla numerosissima, in attesa di assistere all'esito: sia che la ragazza venisse salvata, sia che si fosse spiaccicata al suolo in fondo ci sarebbe stato qualcosa di interessante da vedere. I presenti si spintonavano per assicurarsi i posti migliori.

Ciascuno cercava di ritrarsi in un selfie nel quale sullo sfondo comparisse la ragazzina suicida. Purtroppo lei era troppo in alto, lontana, non si vedeva niente. Si allestirono delle materassature di fortuna, finché non arrivarono i pompieri che tesero un gran telone, ma poteva servire a qualche cosa?

Arrivarono operatori del Centro di assistenza psicologica per adolescenti, il capo della polizia, forse il prefetto, il sindaco e chi sa chi: si assieparono sul terrazzino della cucina, le voci si accavallavano.

Da sotto qualcuno gridò: «Andate via, politici di merda, non avete rubato abbastanza?».

Si scatenarono cori antipolitica, e altrettanti che invocavano un no alle strumentalizzazioni.

La vicenda raggiunse il suo climax quando Benedetta, che pareva convinta a desistere e che si stava avvicinando un centimetro alla volta alla finestra del bagno, da dove avrebbero potuto afferrarla senza rischi, parve scivolare sul cornicione, spossata, sfinita, distrutta. Fu quello il momento in cui entrò in azione il robusto don Providi, che si sbilanciò verso l'esterno, retto da due parenti dei Mascheroni, robusti anche loro, e riuscì ad artigliare Benedetta, trascinandola dentro la finestra del bagno.

Un enorme applauso si scatenò dal basso, e cori, e osanna. Qualcuno piangeva, altri si battevano grandi pacche sulle spalle, in molti, anzi tutti, facevano delle fotografie, dopo averne scattate già a centinaia nelle fasi precedenti.

La diretta TV su RAI 3 era iniziata quasi subito, in totale durò circa due ore, ed ebbe altissimi livelli di share (oscurò i soliti programmi pomeridiani di tronisti e talk show). Quando alle 15 e 55 il parroco afferrò Benedetta (un nome profetico) tutta Milano risuonò dell'applauso che i pochi fortunati poterono esercitare dal vivo: nei bar, nei condomini, negli istituti per anziani, praticamente tutta la città batteva le mani all'unisono.

Ciò non toglie che fin da subito cominciò a infuriare la polemica: a cosa era stata portata questa ragazzina, fin dove poteva arrivare la pressione esercitata dai social network, dai media, e chi aveva scatenato il tutto, con il preciso scopo di portare la bambina al gesto estremo?

Donatella seguì per intero la diretta televisiva. Si sarebbe strappata i capelli. Cosa ho fatto, cosa ho fatto? pareva urlare dentro di sé, non poteva farlo a voce alta perché davanti alla televisione c'era anche Gianmarco, che si gustava lo spettacolo, ovviamente augurandosi un epilogo tragico.

Avesse saputo qual era in quel momento il tumulto interiore della sua mamma. Questa era sconvolta, dilaniata, esplosa, eppure cercava di mantenere un atteggiamento sobrio, certamente stupito e compreso, povera Benedetta, in fondo era sempre una migliore amica della figlia.

«Secondo me non si butta» disse Gianmarco «è tutta una finta».

«Ma cosa dici, sei senza cuore?».

Una volta conclusa la diretta Donatella si chiuse in camera, troppo turbata. Si gettò sul letto. Una vertigine di pensieri la sconquassava, di ordine e orientamento diversi.

Da una parte pensava vagamente all'opportunità di buttarsi sotto un treno, oppressa da enormi sensi di colpa, o di vergogna, che non è lo stesso. Se la finestra di camera sua fosse stata dotata di tendaggi, ci si sarebbe aggrappata. In fondo, una reazione simile a quella di Benedetta. Alla mala parata, che altro fare, se non (tentare) il suicidio? Eppure qual è la mia, di mala parata? In effetti che la colpa è tutta mia chi lo sa? Nessuno. E allora con chi mi devo vergognare? O, in alternativa, a chi devo chiedere scusa?

Eppure sono un verme, una schifezza, ah... ahh, come sto male!

Non ce la faceva più, uscì dalla camera e si scagliò in cucina, a far finta di preparare qualcosa. Dal frigo estrasse tre uova e il latte e un avanzo di panna montata. Dalla dispensa farina e zucchero. Doveva tenersi occupata, prima di fare un gesto insano e affrettato.

Ahi ahi... Che disgraziata che sono...

Sono io la responsabile (e la protagonista) di tutto ciò!

Che in lei stesse montando la tentazione di confessare? Si macerava, c'era da perdere la testa. Cercò di mettere insieme qualche riflessione sulle conseguenze di una eventuale confessione. Pensò ai reati di cui si era resa colpevole, agli eventuali esiti giudiziari, sarebbe stata messa all'indice, e la situazione familiare, già abbastanza fragile, sarebbe esplosa: quale futuro si prospettava per i ragazzi? Glieli avrebbero tolti? Li avrebbero messi in un istituto, o dati in affidamento? Eh no, non è giusto che siano loro a pagare.

Ma soprattutto: a che sarebbe servito? Ormai la vita e la reputazione di quelle cretine erano compromesse, nulla sarebbe cambiato anche se lei avesse rivelato la verità. Certamente lei soffriva, come madre, soffriva, ma la domanda «a chi servirebbe?» spostò il baricentro dei suoi tormenti sulla possibilità che nessuno venisse a sapere che il profilo In Canna lo aveva creato lei, nemmeno Claudio.

D'altronde come potevano scoprirla? Si accorse che nel profondo del suo intimo sperava di farla franca. Come avrebbero potuto risalire fino a lei? E chi sarebbe andato a pensare che dietro tutto questo casino c'era una povera madre, per di più in gravi difficoltà?

E se usciva fuori il solito impostore sostenendo di essere lui Angelo In Canna? E poi, in fondo, quelle foto se le erano fatte le bambine, mica le aveva scattate lei.

Se quella «povera bambina» di merda voleva lasciarsi andare giù dal terrazzino è forse solo colpa mia? E perché devono capitare tutte a me? Perché la vita è così grama? Cosa ho fatto per meritarmi queste sofferenze? Ci sarà mai nella mia vita uno squarcio di serenità? No, non mi spetta, il destino vuole così. E adesso divento una carnefice: mi crocifiggeranno, mi martirizzeranno, e mia figlia commenterà sul suo diario: «Mia madre è un'assassina, ha ucciso la mia migliore amica, o comunque ci ha provato». Dio, Dio, cosa ho fatto per meritarmi questo?

E in fin dei conti, chi me lo fa fare?

Pensava queste cose mentre maldestramente stava tentando col minipimer di montare una crema chantilly.

Margherita tornò a casa che erano passate le sei. Era andata a studiare a casa della Margona, per aiutarla un po', obbligata dalla profe. Non è che la Margona fosse antipatica, e abitava in una bella casa dove tenevano sempre tutte le luci accese, cosa che in casa di Margherita non accadeva mai.

Entrò in casa sbuffando.

«Marghe. Hai saputo di quello che è successo?».

«Certo che lo so, mamma, lo sa tutta l'Italia».

«E che ne pensi?».

«Penso che ho una mamma che fa delle domande idiote, ecco cosa penso».

«Ah. E che succederà adesso a quelle povere bambine?».

«Cosa vuoi che ne sappia, mamma, mi lasci in pace?».

«Mi sembra tutto così orribile...».

Margherita sbatté la porta di camera e a cena non si presentò, d'altronde dalla Margona si era abbuffata di pane stracchino e prosciutto e di torta al cioccolato. Gianmarco era come se non ci fosse, guardava la partita in TV.

Donatella aveva bisogno di parlare con qualcuno, ma con chi? L'unico era suo fratello Corrado, detto Dado, un punto fermo, anche se un gran rompicoglioni moralista e saputello, però nei periodi più difficili le aveva dato una mano. Lo chiamò.

«Pronto, sono io».
«Oh ciao, come va?».
«Ho bisogno di parlarti, urgentemente».
«Oddio, lo sapevo, cosa ha combinato questa volta?».
«Ma chi?».
«Come chi, tuo marito, no?».
«Ma no, ma no, lui non c'entra».
«E allora che è successo?».
«Non te lo posso dire per telefono. Dobbiamo vederci».
«Ma io sono in treno, sto andando a Pescara».
«E quando torni?».
«Dopodomani, alla sera».
«Ah».
«Ma si può sapere che ti succede?».
«Ho fatto una cazzata».
«Ma che dici, che cazzata?».
«Non te lo posso dire per telefono».
«Ma...».

Donatella riattaccò e quando Dado la richiamò, non rispose. Ecco, di cazzate ne aveva fatta un'altra. In fondo, come poteva aiutarla suo fratello? Se avesse saputo quello che lei aveva combinato l'avrebbe costretta ad andare alla polizia a raccontare tutto. E che ne sarebbe stato di lei, e della famiglia?

Fu presa dall'ansia, e non sapendo chi chiamare telefonò a Claudio, pur sapendo che forse non era una scelta saggia. Ma quante volte succede di sbagliare? Ne aveva bisogno.

Claudio naturalmente sapeva dello scandalo, in qualche maniera ne era stato un testimone oculare.

«Una cosa impressionante, da non credere, sono disorientato, stravolto».

«Sapessi io. Però è un'altra la cosa che volevo dirti».

«E allora?».

«Lunedì bisognerebbe andare a prendere Margherita a scuola, con tutto quello che è successo, e io mi sa che non posso, e non ho voglia di incrociare insegnanti e genitori. Poi a te non ti conoscono».

«Va bene, ci vado io, non ti preoccupare».

«Devi impedire che acchiappino Margherita e la intervistino, è pieno di avvoltoi».

«Stai tranquilla».

«Portala a casa, di filata».

«E se non andasse a scuola?».

«Ma sei matto? Si immaginerebbero che ha qualcosa a che vedere con le altre, e nessuno lo deve pensare assolutamente».

«Hai ragione».

Una domenica di ottobre a Milano per una famigliola non integra come quella Giorgi può trasformarsi in un'occasione di tristezza. Nel quartiere c'è poca gente e non ci sono punti di riferimento domenicali, come c'erano una volta. Le strade sono grigie e semideserte e il fatto che sia facile trovare posto per la macchina fa quasi malinconia. I mariti scendono giù prima delle mogli e aspettano con il motore acceso, indisposti. Le paste le hanno già comprate. L'Inter gioca alle 21.

Per fortuna in mattinata Gianmarco aveva la partita a Nerviano, alle dieci. Donatella lo accompagnò, metro, treno fino a Rho e poi pullman. Il Nerviano era una squadretta ben messa in campo e con un'ala destra guizzante. Morale, l'Audace, la squadra di Gianmarco, che fra l'altro giocò soltanto per quindici minuti, messo in campo quando già erano sotto di due gol, subì un netto quattro a zero, il che per Donatella fu quasi un sollievo. Almeno non c'erano polemiche e litigate fra i genitori in tribuna, un punteggio secco e indiscutibile che rimandava a casa l'Audace con le pive nel sacco.

Gianmarco e Donatella furono di ritorno in Casoretto intorno alle tredici e andarono a prendere Margherita in parrocchia, visto che era lì per il corso di preparazione alla Cresima. Né Margherita né l'intera famiglia erano particolarmente devote, ma ormai la bambina aveva fatto l'anno precedente la Prima Comunione, tanto valeva che concludesse il ciclo catechistico e facesse anche la Cresima, e imparasse che cosa vuol dire esser parte del Corpo Mistico della Chiesa.

All'uscita Donatella se ne venne fuori con una sorpresa.

«Allora bambini, che ne direste se andassimo a mangiarci qualcosa al McDonald's?».

I ragazzi ci rimasero di sale, quando mai alla mamma era venuta un'idea del genere, lei che detestava il fast food, pur preparandolo tutti i giorni?

Aderirono volentieri, ma con una riserva, come se dietro ci fosse un qualche trucco o una trappola. Invece il trucco non c'era, andarono veramente al Mac di piazzale Loreto con libertà di ordinazione. Cosa c'era sotto?

In effetti la mamma sembrava parecchio strana, i ragazzi subodoravano qualche tranello, incredibilmente poterono ordinare Big Mac e patatine, e addirittura Coca-Cola.

Alle 14 e 40 erano a casa, il fast food si chiama così perché ci vuole poco tempo a mangiarlo.

Ma ecco la seconda sorpresa: la mamma disse che se ai bambini faceva piacere li avrebbe portati al cinema, in zona davano *Pirati dei Caraibi. Oltre i confini del mare*. «Che ne dite?».

I ragazzi erano strabiliati: McDonald's e cinema in un giorno solo?

Andarono a vedere il film dei pirati al Plinius Multisala.

Il film non piacque a nessuno dei tre, però intanto il tempo era trascorso, e la domenica era quasi passata.

Quando tornarono a casa ci fu la terza sorpresa della giornata: in mezzo alla corte della casa di ringhiera c'era la BMW Z3 roadster del signor De Angelis, era un bel po' che non lo si vedeva.

Donatella lo salutò, e gli chiese notizie.

«Che piacere rivederla! Come sta? È tornato qua?».

«Per il momento no, sono solo di passaggio, riparto subito. Ma come stanno i bambini? Tutto bene?».

Gianmarco e Margherita salutarono abbastanza educatamente il vecchio De Angelis e scapparono in casa.

Donatella si intrattenne qualche minuto a parlare con lui, di niente.

Il De Angelis in realtà sembrava avere fretta. Solo allora Donatella si accorse che dentro la macchina c'era qualcun altro, forse una donna.

Si salutarono, senza troppo calore.

Per cena Donatella riscaldò in forno delle valdostane precotte, innaffiate di Fanta. I ragazzi erano tesi, però per tutta la giornata nessuno parlò, neanche alla lontana, del fatto della Bene. C'era da esserne contenti o da preoccuparsi?

Tutti e tre si chiusero in camera col magone, timorosi che la notte avrebbe portato cattivi pensieri e angoscianti novità. Margherita e Gianmarco in cameretta non si dissero niente, e andarono mestamente a letto. Donatella, dopo aver passato più tempo del necessario in bagno, tempo durante il quale pensava al fatto che fra fast food e cinema aveva speso 76 euro, attinti dalla super riserva, si coricò sperando che Nesbø riuscisse a farle dimenticare, anche solo per una mezz'ora, i suoi veri guai. Nella casa di ringhiera c'era un silenzio di tomba, quasi insopportabile.

Claudio passò tutta la mattinata del lunedì aggirandosi per il quartiere. Verso le 13 era già fuori della scuola, in attesa. Con lui centinaia di altri genitori, conoscenti, nonni, zii, amici e curiosi, oltre a svariate troupe di giornalisti, cameramen, inviati. Un caos vero e proprio, determinatosi dopo il tentato suicidio di Mascheroni Benedetta. Fra la folla se ne sentivano di tutti i colori.

«Quel maiale ha portato quella povera bambina al suicidio».

«Una volta queste cose non sarebbero successe, una bella dose di bastonate e via».

«Per forza che non sarebbero successe, non c'era mica internet».

«Dicano quello che vogliono, ma è tutta colpa di...».

Sfortunatamente per Claudio c'era anche il nonno ex maresciallo, il marito di quella col turbante, che aveva interloquito con lui proprio sotto casa di Benedetta. Questo nonno riconobbe il Giorgi, e segnalò la cosa ad altri, vicino a lui. Si formò un agitato capannello, i membri del quale giravano la testa, cercando di non farsi notare troppo, in direzione di Claudio, il quale fissava l'ingresso e non si accorse di niente.

Il gruppetto si faceva numeroso, il maresciallo pareva dare ordini, a bassa voce. A un certo punto si mossero tutti insieme in direzione di Claudio, il quale, incuriosito, voleva proprio vedere cosa stava succedendo, e troppo tardi si rese conto che si era scatenata la caccia all'uomo, in mezzo a urla e incitamenti, e che l'obiettivo di quella caccia era lui. Lo bloccarono con facilità e lo circondarono, affluirono decine e decine di persone. Fra queste c'era anche colui che l'aveva visto gironzolare vicino a casa di Moniq.

«È lui, è lui il maniaco, l'ho visto sotto casa dell'altra bambina, quella che per ora non ha ancora tentato di togliersi la vita!».

«È lui il pedofilo, è lui Angelo In Canna».

«Ma che fate, ma che dite, vi sbagliate!».

Claudio non fece in tempo a rendersi conto di quello che stava succedendo che già in quindici-venti gli erano addosso. Prima lo trascinarono afferrandolo per l'impermeabile, poi lo gettarono a terra, infine cominciarono a massacrarlo di botte, calci e sputi.

«Maiale», «Porco bastardo», «Carogna fetente», i picchiatori, per farsi coraggio, si aiutavano con l'insulto.

«La voglia di importunare le ragazzine te la facciamo passare noi!»

«Purcùn!».

«Bèstia!».

«Macché, le bestie sono molto meglio».

«Anche un maiale è meglio di te!».

A ogni imprecazione erano calci e botte, qualcuno si chinava su di lui e lo colpiva in faccia. Comparvero un paio di bastoni, con i quali gli spaccarono la faccia.

Affluirono anche giornalisti e cineoperatori, che si guardavano bene dall'intervenire per cercare di placare gli animi. Il povero Claudio subiva percosse di tutti i tipi, un vero e proprio linciaggio. Vicino alla scuola c'era anche una vettura del 112, di controllo. Tre agenti cercarono di frapporsi, ma senza troppo slancio, visto il rischio di rimanerci nel mezzo e prenderle anche loro. Ma finalmente riuscirono a raggiungere il linciato, esanime e sanguinante, al suolo.

Il popolo urlava: «Ecco, bravi, portatelo in galera, così domani è fuori e lo fa di nuovo!».

«Politici di merda!».

Con un certo ritardo arrivò l'ambulanza del 118, che a fatica si fece strada.

Claudio fu portato al Pronto Soccorso in condizioni serie.

Una madre lo sa

Margherita e Gianmarco usciti da scuola videro che c'era una gran confusione e un'ambulanza che partiva accendendo le sirene. Ne approfittarono per tirarsi via di lì e andarsene a casa. Pare che avessero picchiato qualcuno, non si sapeva chi fosse, forse il maniaco.

I ragazzi quindi arrivarono a casa da soli, e Donatella, che li aspettava fremente sul ballatoio, rimase stupita.

«E vostro padre? Non è venuto a prendervi?».

«No mamma, non c'era, noi non l'abbiamo visto».

«Che idiota! In situazioni come queste!».

«Non ti preoccupare mamma, non ci è successo niente, che si mangia?» disse Gianmarco scaricando il giaccone e lo zaino a terra, incurante delle regole scritte.

Margherita, manco a dirlo, si chiuse in camera.

Donatella provò a chiamare al cellulare quel cretino di suo marito, ma quello, ovviamente, non rispondeva. Ah, adesso mi sente quell'imbecille.

Non più di mezz'ora dopo fu informata che suo marito era ricoverato al Pronto Soccorso.

Donatella e i bambini si affrettarono in ospedale.

«Sono la moglie di Giorgi Claudio, il ricoverato per il pestaggio».

Il paziente per il momento non si poteva assolutamente visitare, soltanto dopo un'ora abbondante Donatella riuscì a parlare con una dottoressa, che le accennò alle condizioni del ricoverato.

Era sotto osservazione per un trauma cranico. C'era edema ma dalla TAC non risultavano emorragie, però ancora una prognosi era prematura. Per il resto: fratture multiple al costato, incrinatura del polso destro, abrasioni, ferite, ecchimosi su tutto il corpo, un taglio sulla fronte e uno sullo zigomo destro, che per la sutura avevano richiesto in totale l'applicazione di diciassette punti.

I parenti dovettero aspettare un altro paio d'ore nella preoccupazione, prima di poter vedere il pater familias. Donatella era distrutta.

Fuori del reparto di semi-intensiva erano posizionati anche due agenti di Pubblica Sicurezza: Claudio era piantonato? Donatella provò a chiedere loro di che cosa si trattava, ma quelli le risposero che non erano autorizzati a dirlo, anche se lo avessero saputo.

Fu Gianmarco a dare notizie, a forza di messaggini e di chat. Certi suoi compagni di classe gli riferivano che fuori di scuola avevano preso a botte un uomo, sospettato di essere il maniaco che aveva portato la Benedetta Mascheroni a tentare il suicidio. Era lui Angelo In Canna, un tipo sui 45 che avevano sottratto alla furia della folla, e che avevano portato in ospedale.

Donatella si sentiva venir meno. Lei che era la vera Angelo In Canna. Anche stavolta era tutta colpa sua, e c'era finito di mezzo Claudio. Adesso cosa le restava se non la parte della moglie disperata, quella che si straccia le vesti, oltretutto era lei che aveva mandato suo marito a scuola, a prendere Margherita, per evitare che la piccola fosse bersagliata di pericolose domande.

Finalmente, erano le diciotto passate, Claudio ricevette la famiglia al completo un po' come avrebbe fatto il papa Jean Paul II dopo essere stato investito dai colpi di arma da fuoco da parte del turco Ali Ağca, per coloro che si ricordano della faccenda: con quel tratto di ferma condiscendenza e di beato abbandono di colui che ha visto la morte, ma se lo ha fatto lo ha fatto per uno scopo, importante, decisivo anche se a lui del tutto ignoto.

Pur nello stato di confusione mentale in cui si trovava aveva fatto in tempo a pensarci: questo suo ennesimo sacrificio gli permetteva di riacquistare a titolo definitivo il diritto di tornare a casa, di essere riaccolto nel nucleo familiare.

Claudio rimirava con sguardo di benevolenza astratta le sue creature, moderatamente anche la moglie, lasciava la mano a disposizione dei suoi familiari, affinché la toccassero, la baciassero, l'adorassero. Nessuno l'adorò ma lui era talmente fuori di sé, sia per i fatti traumatici che per l'emozione, e per i farmaci antidolorifici, che per poco non raggiunse l'estasi.

La visita durò poco, il paziente non si doveva affaticare.

Nel frattempo le forze dell'ordine si erano messe al lavoro. Rapidamente venne fuori che l'uomo linciato non era altro che il padre di una bambina, venuto a prenderla all'uscita. Se non per il fatto che la suddetta bambina era compagna di classe della Mascheroni Benedetta il soggetto apparentemente non aveva niente a che vedere coi tragici eventi: gli autori del linciaggio erano scomparsi prontamente, soprattutto coloro che avevano «riconosciuto» il maniaco. Nessuno fu in grado di testimoniare, anche le riprese televisive servirono a poco.

Il parere generalizzato era che la gente ha i nervi a fior di pelle, e nessuno ci protegge. «Quello là doveva essere più prudente, a farsi vedere in giro».

«Ma perché avrebbe dovuto essere più prudente? Cosa aveva da nascondere?».

«Cosa ci abbia da nascondere non lo so, e questa è la prova che lo nasconde molto bene».

L'ispettore e gli agenti incaricati di ricostruire gli avvenimenti non sapevano che altro fare se non grattarsi la testa. Non c'era proprio niente a carico del Giorgi, ufficialmente residente in una casa famiglia. Sì, l'uomo aveva una storia difficile alle spalle, per alcolismo. Ancora gli strascichi non erano finiti. Però non aveva nessun precedente nell'ambito della porno-pedofilia, e nel suo computer non fu trovato niente di significativo a proposito.

Comunque quando le infermiere vennero a sapere che

si trattava di un alcolista, commentarono: «Ah, beh, quello lì se l'è cercata».

Alle nove di sera Donatella e figli tornarono a casa, fu scaldata una pizza surgelata, mangiarono quella. Nessuno aveva voglia di parlare, ne erano successe troppe, e tutte insieme, ciascuno aveva una grossa confusione nella mente. Naturalmente la confusione maggiore era quella di Donatella, che mentre sparecchiava – non era quella la sera adatta per rompere i coglioni ai ragazzi sul fatto che sparecchiare spettava a loro – si sentiva priva di forze. Lavati i tre piatti e i tre bicchieri si lasciò andare sul divano. Si era sfiorata la tragedia, due volte, e tutto per merito suo. Avrebbe voluto andare a letto e dormire per una settimana o due.

Suo fratello la chiamò più volte, da Pescara.

Lei gli mandò un messaggino: «Tutto risolto, non ti preoccupare».

Già, forse era tutto risolto per davvero.

Le migliori amiche di Margherita, quelle merde che la torturavano, sarebbero sparite dalla circolazione, prima o poi la vita sarebbe tornata alla normalità. Anche per Gianmarco. I suoi stupidi compagni avrebbero smesso di mettere in giro strane voci, per dispetto. Adesso erano tutti impauriti, zitti e muti.

E Claudio prima o poi si sarebbe rimesso. Aveva solo bisogno che qualcuno gli stesse vicino. E chi avrebbe dovuto stargli vicino? Su questo pensiero Donatella si addormentò sul divano, ma non perché si fosse tranquillizzata, bensì perché era esausta.

La mattina dopo a casa Giorgi, appartamento 15 della casa di ringhiera di via *** 14, si presentarono alcuni agenti di polizia. Donatella credette in un primo momento che fossero venuti per la questione del pestaggio del marito, pratiche, accertamenti, eccetera. Anche questa ci voleva. Un mandato di perquisizione.

«Perquisizione? E perché?».

Perché si cercava un computer, identificato in base all'ID. Donatella mostrò agli agenti l'unico computer presente in casa, e le tremavano le gambe.

«Dovreste esibire eventuali smartphone o altri dispositivi dei quali siete in possesso».

«In casa non ne abbiamo, abbiamo solo telefonini normali, di vecchio tipo. L'unico che ha uno smartphone è mio figlio Gianmarco, che adesso è a scuola».

«Lo sospettavamo» dissero quelli, e sequestrarono il computer.

Un ispettore della Polizia Postale chiese, a titolo del tutto indicativo, chi è che facesse uso del computer.

«Lo usiamo tutti e tre in famiglia».

«Vi ha accesso qualcun altro?».

«No, che io sappia».

L'ispettore capì subito che il principale utilizzatore del computer era il figlio grande, di nome Gianmarco. Ma lì per lì non disse niente.

«Ma adesso che succede?» chiese Donatella, disorientata.

«È in corso un'indagine, non siamo tenuti a dirvi che cosa riguardi ma credo che ve lo possiate anche immaginare, visto il parlare che se ne è fatto».

«Lasciate stare mio figlio, lui non c'entra niente».

«E chi ha parlato di suo figlio?».

«No, è che...». Donatella non sapeva dove sbattere la testa, sarebbe stato meglio che fosse rimasta zitta.

In quel momento suonarono alla porta, era arrivato il magistrato.

Si trattava di una persona estremamente gentile, che però non poté fare a meno di accennare a Donatella la gravità della situazione.

«Signora, c'è la certezza assoluta che il profilo di Angelo In Canna è stato istituito dal suo computer familiare, adesso sequestrato. Saranno sufficienti banali riscontri, ma non sono neanche necessari».

«Ma come, ma cosa dice, non è possibile, io...».

«Veda, qui il reato, anzi, i reati, sono lampanti. C'è una denuncia per diffamazione, che è grave, soprattutto perché sono coinvolte delle minorenni».

«Quale diffamazione, quelle fotografie non le ha mica scattate qualcun altro, sono loro che le hanno scattate e postate, noi che c'entriamo?».

«Beh, la cosa non è così semplice. C'è stato un adescamento, e poi le foto, che erano state inviate privatamente a un utente FB, sono state inoltrate e diffuse, per di più tramite una sostituzione di persona. E questo è un reato per il quale la querela non è remissibile. Certamente questo suo figlio neanche se lo immagina, ma per il reato di sostituzione di persona non è previsto che la querela si possa ritirare, anche se ci fosse la volontà di addivenire a un accordo».

«Mio figlio? E che c'entra mio figlio?».

Donatella in pochi minuti si trovò costretta a realizzare che era tutto finito. L'avevano trovata, quelli della Polizia Postale. Lei non sapeva che la cosa è piuttosto facile, sempre che l'azienda Facebook sia collaborativa. E in questo caso evidentemente lo era stata. Quello che Donatella non sapeva è che l'ID identifica il computer, non la persona.

Cosa pensò in quel momento, in quei pochi secondi? Difficile a dirsi.

Di fatto inspirò profondamente, più volte, cercando di respirare con la pancia, e finalmente si decise.

«Signor magistrato, è bene che glielo dica subito, in tutta questa storia mio figlio Gianmarco non c'entra proprio niente. È vero che lui usa il computer più di noialtre, ma lui non c'entra. A combinare la faccenda sono stata io. Soltanto io. Sono io che ho costruito il profilo fittizio di Angelo In Canna, sono io che ho chiesto l'amicizia delle ragazze, e sono io che mi sono messa a dialogare con loro. E sono io che, una volta che mi hanno mandato quelle fotografie, le ho inoltrate ai loro genitori, alla preside, e ad altri. L'unica responsabile di tutto questo pasticcio sono io».

C'era riuscita! L'aveva detto! E ora che succedesse quello che doveva succedere, ma l'aveva detto. Si era levata un peso.

Il magistrato ogni tanto aveva degli sbuffi acidi prodotti dalla cattiva digestione. Faceva delle espressioni di malessere, gli tornava su l'acidità.

«Signora, non è che siamo nuovi a queste cose, e succedono sempre più spesso. Ci aspettavamo anche questo, che la madre si facesse carico delle responsabilità del figlio, che tentasse di scagionarlo, che tentasse di sacrificarsi al suo posto. Però, in via amichevole, devo avvertirla. Prima di tutto siamo edotti del fatto che suo figlio abbia avuto dei contrasti con le ragazzine. E forse lo sa anche lei. In secondo luogo il corso dei fatti segue delle dinamiche tipicamente adolescenziali: la vendetta, e soprattutto un senso del tutto incosciente di impunità, che gli strumenti digitali incitano. In terzo luogo ci è noto che lei non è una frequentatrice incallita dei social, mentre suo figlio ne usufruisce a tempo pieno.

«Ora vede, non è che di questi tempi vada scartata a priori l'ipotesi che una madre si metta a fare di queste cose. Se sapesse quante ne vediamo! Recentemente una madre cui non piaceva il fidanzatino della figlia ne ha fatte di tutti i colori. Lascio a lei immaginare che cosa ha combinato su FB per screditare l'immagine di questo giovanotto.

«Eppure in questo caso, signora, se fossi in lei lascerei perdere una simile strategia. Per di più per questi reati un minorenne rischia molto meno, quasi niente. Mentre una maggiorenne come lei un bel po' di rogne sul gobbo se le ritrova. E inoltre la sua affermazione deve essere sostanziata».

Donatella non sapeva più cosa pensare, credere, fare. Provò a insistere ma il magistrato la frenò.

«Signora, anche nella remotissima ipotesi che lei riuscisse a dimostrare che la responsabile è lei, crede che questo sarebbe di vantaggio per i suoi figli?».

Donatella capì, finalmente.

«Ma adesso che succede, il bambino sarà incarcerato?».

«Macché incarcerato, sarà convocato dal Tribunale dei Minori per un confronto. Con tanto di assistente sociale e massima riservatezza. Non si preoccupi, signora. Piuttosto gli stia vicino, parlatene, e cerchi di evitare che il ragazzo faccia qualche altro colpo di testa... Però, signora, un consiglio devo darglielo, e glielo do in via del tutto personale, prima che qualcuno lo faccia a titolo ufficiale. La situazione come avrà visto è sulla bocca di tutti, il caso ha preso dimensioni nazionali. Lei pensa che i suoi figli possano avere una vita tranquilla se continuano a frequentare la stessa scuola? Lei, che senza pensarci due volte ha tentato di addossarsi la responsabilità, crede che la vostra vita familiare possa continuare a svolgersi con tranquillità in questo quartiere? Purtroppo mi trovo costretto a consigliarvi di ripensare globalmente la vostra situazione. Altra scuola, altro quartiere, altra residenza. Sono a conoscenza delle vostre precedenti traversie, e della posizione di suo marito. Ho parlato col giudice Bonatti che se ne occupa. I risultati sono buoni al momento. Volete rovinare tutto? E in fondo, dopo quello che è successo, non pensa anche lei che sia meglio voltare completamente pagina?».

Davanti a Donatella si squadernò rapidamente uno scenario che era esattamente il contrario di quello che si era immaginata quando aveva dato il via a quella scellerata operazione. Era la famiglia Giorgi che se ne doveva andare via. E in più, perché il magistrato non aveva menzionato il linciaggio di Claudio? Faceva orecchie da mercante o non era stato informato? Ammettiamo pure che non ne sapesse niente. Prima o poi la cosa sarebbe venuta fuori. E allora come giustificare che il marito della colpevole era stato incolpato erroneamente e per caso del reato? Oddio, Donatella non ci capiva più niente.

Ah, avrebbe desiderato cadere svenuta sul pavimento, cedere, scomparire.

Il magistrato lasciò l'appartamento. Restarono in casa gli agenti di PS, aspettavano Gianmarco per sequestrargli il telefonino.

Donatella adesso era avvilita, sempre di più. Aveva messo nei guai suo figlio. Che cretina, che mostro! Si sarebbe sparata un colpo in testa.

Cominciò a pensare a soluzioni diverse, che mai avrebbe prima immaginato di poter considerare. Dalla fuga in un paese lontano – ma con quali soldi? E dove? E da chi? – al rilasciare un'intervista a pagamento per «Chi l'ha visto?». Ma quanto le avrebbero dato? E chi era quella donna col De Angelis?

Quando Gianmarco e Margherita tornarono a casa e videro gli agenti, si guardarono negli occhi e pensarono che era finita. Li avevano beccati.

«È tutta colpa tua» disse Gianmarco alla sorella.

«No, sei tu il cretino».

Stavano per venire alle mani, i bambini. Si rimproveravano l'un l'altro di aver parlato, di non essere stati capaci di tenere il segreto.

«Lo sapevo che finiva così».

«Adesso ti strappo tutti i capelli».

Ma quando furono informati che la questione non era lo spaccio di stupefacenti bensì il profilo di Angelo In Canna, i due restarono attoniti e confusi. Si chiese a Donatella di allontanare Margherita.

Gianmarco fu informato del fatto che c'era un mandato a suo nome, che doveva consegnare il cellulare e che sarebbe stato convocato dal Tribunale dei Minori per la questione del profilo In Canna.

«Io? E perché?».

«Glielo spiegherà sua madre».

I bambini di Pol Pot

Nei giorni successivi Gianmarco non voleva credere a quello che gli stava succedendo. Lui accusato di aver creato il profilo FB di Angelo In Canna? Ma erano completamente matti?

«Io non c'entro niente, lo posso dimostrare benissimo!».

E anche di fronte al giudice del Tribunale dei Minori avrebbe continuato a negare assolutamente di aver qualcosa a che fare con Angelo In Canna. Il giudice e i suoi assistenti erano sorpresi dalla resistenza del ragazzino: negava, disperatamente. Non ebbe mai un istante di cedimento, come invece si sarebbero aspettati.

Per esempio che a un certo punto crollasse, confessando: «Sì. È vero, sono stato io, quelle tre le ho sempre detestate perché mi prendono per il culo».

No. Non avrebbe mai affermato qualcosa del genere e non l'affermò, e noi sappiamo che tutti i torti non ce li aveva.

Sulla faccenda del panetto di droga, messo alle corde, avrebbe anche confessato, perché per i giovani adolescenti la parola «verità» ha ancora un senso. Ma nessuno lo venne mai a interrogare su quella storia. E invece, questa poi, gli addebitavano colpe che lui non aveva: lui di quelle cretine se ne fregava altamente, figuriamoci se... Le sue dichiarazioni continuarono a essere coerenti, ma servì a poco.

Beh, nei giorni seguenti neanche i fratelli Giorgi andarono a scuola. Accusarono entrambi sintomi influenzali. In teoria i capi di accusa nei confronti di Gianmarco dovevano essere riservati, ma Donatella ebbe l'impressione, anzi la certezza, che in giro se ne sapesse più del dovuto. Rare furono le visite a Claudio in ospedale, si viveva chiusi in casa, finché Donatella non decise, per le feste dei Morti, di portare i ragazzi in montagna, a casa di suo fratello, nel Bresciano, vicino a Collio Val Trompia.

Dovette chiedere il permesso al Tribunale dei Minori, che le fu accordato, con le dovute garanzie, era meglio togliersi di torno.

Passarono qualche giorno lì, piovve ininterrottamente.

Una mattina Donatella tornò a Milano, lasciando i figli a sua cognata, aveva una convocazione in procura e poi doveva passare in ospedale, perché nel giro di due o tre giorni avrebbero dimesso Claudio, e bisognava capire dove riportarlo, se nella sua casa familiare o nella casa famiglia, dove peraltro nessuno si sarebbe preso la responsabilità di seguire uno che era finito in ospedale. Lei ripassò da casa, per fare una lavatrice e sistemare alcune faccende che riguardavano Claudio. Nello sconforto stava cercando un po' di biancheria pulita in camera dei bambini: indugiò fra le loro cose. Sollevava i vecchi giocattoli e li tratteneva in mano, come per dir loro addio, guardava le fotografie ingiallite attaccate al muro con lo scotch.

L'appartamento era un reportage sullo squallore: da una quindicina d'anni avrebbe avuto bisogno di una rimbiancata, ma fosse stato solo quello. I mobili, di quarta categoria, erano rovinati e tristi, i pavimenti malconci e polverosi, di quella polvere che non va via neanche con l'aspirapolvere industriale. Il salotto era miseruccio, lo era sempre stato, ma chissà perché quando era giovane non ci badava. Sembrava una casa di vecchi, spenta e depressa, eppure ci abitavano dei bambini. Ma anche la loro camera era triste, con le foto appiccicate al muro, e disegni stropicciati risalenti a quando facevano la materna, alcune scritte sul muro a pennarello.

Donatella ansimava, le mancava un po' il fiato. D'altronde la casa in montagna di suo fratello era ancora più triste, ove possibile. Le infiltrazioni di umidità ti arrivavano dentro le ossa, la sera si andava a letto nel bagnato freddo. Cercava pigiami e biancheria.

Sotto al mucchio di magliette, mutande, calzini di Gianmarco trovò l'inaspettato: il diario di Margherita. E perché lo ha nascosto qui? Voleva che lo trovassi?

Lo riprese in mano, in fondo aveva ancora da finire di leggerlo, ma con tutto quello che era successo non sapeva neanche lei se ne aveva voglia. Lo sfogliò, vagamente, non era aggiornato da diverso tempo.

Eppure, anche senza volere, si mise a leggere.

C'erano altre lettere di Claudio, che a questo punto non la facevano nemmeno incazzare, le procuravano soltanto una forte malinconia. C'erano altri sfoghi, altri racconti di vita scolastica. E poi c'erano nuove schede ragionate di letture della settimana: con i relativi commenti di educazione all'affettività.

Che tristezza. Anche Margherita, nel riportare i suoi pensieri, sembrava aver perso la voglia, tanto a che serviva.

8 ottobre

Gli animali e gli animalisti

Adesso sono tutti animalisti. A me dei diritti delle persone non me ne frega niente, ho letto su un contatto di FB*: le persone mi fanno schifo perché trattano male gli animali, e quindi dei diritti degli esseri umani non me ne frega, mi interessa dei diritti degli animali. A scuola ci hanno dato un opuscolo con la dichiarazione dei diritti degli animali, è fatta per punti, come la dichiarazione dei diritti dell'uomo. Però, mi domando, manca qualcosa. Il primo punto dei diritti dell'uomo è la libertà. Per gli animali non se ne parla. E dire che secondo me l'unico diritto del quale agli animali ne importa qualche cosa è la libertà: del diritto all'istruzione, alla libertà di espressione, al lavoro ecc. mi sa che agli animali non gliene importa niente. Invece le cose vanno al contrario. Per esempio un uomo non può essere (in teoria) schiavo di un altro uomo, cioè non può essere di sua proprietà. Invece gli animali possono essere di proprietà, soprattutto gli animali domesti-*

ci (cani, gatti, mucche, conigli, perfino i furetti o i serpenti). Infatti si possono comprare e vendere. Ecco, per me se si rispettassero davvero i diritti degli animali non si potrebbe possederli, né comprarli o venderli.

Ma gli animalisti di questa cosa non ne parlano. Inoltre chiudono i loro animali in casa: se si tenesse conto dei loro diritti questo sarebbe sequestro di persona, cioè di animale. E questo perché la gente tiene gli animali come dei peluche, perché sono morbidi. A me piacerebbe avere un gatto, ma la mamma non vuole. Poi un gatto è indipendente, e non è schiavo di nessuno.

Devo ammetterlo, questa non è farina del mio sacco, l'ha detto la profe di matematica e scienze (che mi sta sempre più simpatica).

9 ottobre

Il Papi mi ha mandato un'altra lettera sul tema della sofferenza e del sacrificio, ma a me è parso solo un pretesto per lamentarsi e fare la vittima. Il Papi è fatto così, d'altronde l'ho letto sul libro, le persone che hanno dipendenze agiscono su due fronti: aggressività verbale e materiale e vittimismo ricattatorio. La profe di matematica e scienze dice che aggressività e vittimismo sono due caratteristiche tipiche dei fascisti, insomma, di quelli di destra. Devo dire che a capire questa non ci arrivo. Ecco la lettera.

Cara Marghi,

Certe volte vorrei raccontarti di quello che vedo succedere nel posto dove abito, la casa famiglia. Ti auguro in vita tua posti simili di non vederli mai. Ci sta gente messa molto male, che ha dei problemi enormi. Dalla moglie maltrattata che deve fuggire il marito perché quello ha intenzione di ammazzarla, al malato che non ha più casa per conto suo, al depresso cronico che vanta cinque o sei tentativi di suicidio.

Ecco, a me mi hanno messo in mezzo a questa gente, e non ne posso più. Quand'è che potrò tornare a vivere in una situazione un po' normale? La notte non riesco a dormire. Prima di tutto perché devo stare ben attento, con certa gente può succedere di tutto, per esempio che mi aggrediscano mentre dormo. Ma poi perché assisto a certe cose... Il tossico che si cala dalla finestra, la donna maltrattata che ha il terrore che il marito la trovi e le porti via la figlia, per non dire di peggio, il matto schizofrenico che non si sa perché l'hanno messo lì, e ogni tanto ha degli attacchi. Alla fine sono io che mi occupo di lui, che controllo che prenda i farmaci all'ora giusta, che avverto il personale medico in caso di bisogno. E tu pensa che quando vengo via da qui vado a fare il badante alla signorina Mattei-Ferri, che avendo delle disabilità necessita di un servizio completo, anche igienico. Non ti descrivo quello che mi tocca fare, non voglio lamentarmi, non è nel mio carattere, però è un inferno. Ti sembrerà strano ma i miei momenti di maggiore libertà sono i trasferimenti in metro o sul bus o sul tram. Allora mi sento una persona come gli altri, che va al lavoro.

Quando ero piccolo ci insegnavano che a sacrificarsi si diventava degli eroi. Ci facevano crescere convincendoci che il sacrificio fosse necessario alla nostra società, e che era un insegnamento per gli altri. Adesso non ve lo insegnano più, giustamente. Però ti posso assicurare che il sacrificio è pesante, e io sono vicino a non farcela più. E per chi mi sacrifico? Per voi, per te e per Gianmarco. Se non avessi voi a cui pensare l'avrei certamente già finita da un pezzo. Ah, quante volte mi è passato per la testa... Ma penso a voi e tutto cambia. Vedo per me una nuova possibilità. Tu che ne pensi? Per quanto altro tempo devo sacrificarmi?

IL PAPI

Caro Papi,

la tua lettera mi ha fatto riflettere, e ti rispondo con le parole di un profeta della Bibbia, qualcosa che ho letto di recente e che mi convince molto. Te ne scrivo un pezzetto.

«Vanità delle vanità, tutto è vanità. Quale utilità ricava l'uomo da tutto l'affanno per cui fatica sotto il sole? Una generazione va, una generazione viene, ma la terra resta sempre la stessa... Tutti i fiumi vanno al mare, eppure il mare non è mai pieno... Tutte le cose sono in travaglio e nessuno potrebbe spiegarne il motivo... Ciò che è stato sarà e ciò che si è fatto si rifarà: non c'è niente di nuovo sotto il sole».

Mi piace questo profeta, è uno che parla chiaro. Ha ragione, tutto è vanità, lo viene a dire a me? Vanità delle vanità.

Però che altro dobbiamo fare? Il profeta mica lo dice.

Quindi Papi rasserenati, il mondo è una merda, ed è fatto così. Non è colpa tua, oppure non è che tu sia più sfortunato degli altri. Siamo tutti delle merde e non c'è nien-

te da fare, quindi non angustiarti più di tanto. Io ti capisco. Ma ti poteva andare peggio: potevi nascere nel 1890, a quest'ora eri morto in una trincea sull'Ortigara. Oppure potevi nascere in Sud Sudan o da qualche altra parte, a quest'ora eri morto di guerra, di fame o di malattia. Così non avresti da lamentarti della tua sfortuna. Ma secondo me ti sarebbe andata peggio anche se nascevi in mille altri posti. Quindi Papi non insistere: come diceva il nonno, ognuno ha le sue rogne, e se le gratta. Io di rogne ne ho parecchie, però non te le vengo a raccontare a te.

MARGHE

10 ottobre

L'ecologia e la raccolta differenziata

Sono anni che ci fanno una testa così sulla raccolta differenziata. Bisogna separare i rifiuti organici, la plastica, il vetro, la carta e l'indifferenziabile, cioè la spazzatura normale. La carta, l'organico, la plastica, si riciclano, e sono una fonte di reddito. Qualcuno dice che l'azienda dell'immondizia che raccoglie i rifiuti differenziati poi li butta via tutti insieme, perché non ci sono le strutture adatte per riutilizzare le risorse. Soprattutto i rifiuti organici, non ci sono stabilimenti per trasformarli in concime, che fra l'altro si vende a peso d'oro. Questo l'ho visto alla televisione.

Per riciclare i rifiuti servirebbe un termovalorizzatore. In teoria tutti dicono che sono d'accordo, perché i rifiuti vanno riciclati, però poi il termovalorizzatore vicino a casa sua non lo vuole nessuno. Esiste una parola che spiega bene queste cose, si chiama NIMBY, *che viene dal-*

l'inglese, Not In My Back Yard, che vuol dire Non nel mio giardino sul retro. Insomma nessuno vuole vicino a casa il termovalorizzatore che fa caldo e puzza e inquina. Si è creato un movimento delle mamme contro il termovalorizzatore. Le mamme dicono che il termovalorizzatore avvelena l'aria che respirano i loro bambini. Ma la profe di matematica e scienze ci ha detto che con poca spesa si possono riutilizzare gli scarichi puzzolenti e trasformarli in combustibili, anche per fare da benzina per gli autoveicoli. Io non ci capisco granché, ma non mi interessa più di tanto. Mi stanno un po' sulle balle i NIMBY, *non so perché.*

Comunque ho costretto la mamma a comprare tre bidoni diversi per fare la differenziata. Ogni mattina controllo che nessuno abbia buttato la roba nel bidone sbagliato. La mamma è un disastro, butta l'organico nella plastica e la plastica nell'organico.

11 ottobre

La lettura (segreta) della settimana
Eros spinto

Cinquanta sfumature di nero *l'ho abbandonato, è una cretinata. In biblioteca ho preso in prestito un libro molto grosso il cui autore è Pier Paolo Pasolini. Il titolo* è Petrolio. *L'ho sfogliato, non ci capisco niente, si parla di cose avvenute quando io non ero ancora nata.*

Però ci sono delle parti dove si descrive il sesso spinto. Non ci sono femmine ma mi pare che la sostanza sia la stessa. Cavoli, finalmente qualcuno che parla chiaro.

Non so se ho voglia di fare la scheda libro, alla fine quei brani mi hanno fatto un po' impressione, e non so se ho da imparare niente, in fondo sono cose fra maschi. Però almeno ci sono delle descrizioni chiare di quello che succede, meglio del porno. Fra l'altro ho sentito dire che queste cose le fanno anche alle femmine. Comunque mi sono fermata a metà, anche perché ho trovato un altro libro. Giovedì posso ritirarlo perché lo riportano dal prestito.

12 *ottobre*

La professoressa di ginnastica

La profe di educazione fisica è diversa dalle altre professoresse, prima di tutto perché ha una trentina d'anni, mentre le altre profe ne hanno intorno ai sessanta. Quella di ginnastica ha i tatuaggi, si vedono perché sta sempre in canottiera, è tirata ma ha i muscoli, in più ha anche due piercing. Secondo me è innamorata della Moniq. La chiama sempre per fare la dimostrazione di come vanno fatti gli esercizi di ginnastica e le appoggia le mani addosso per far vedere la posizione corretta. A me la profe di ginnastica non sta antipatica, anche se è lesbica. A me non ha mai dato fastidio, si vede che non sono il suo tipo. Ma di chi sono il tipo io? Mi sa proprio di nessuno, maschi o femmine che siano.

È una bella donna, anche se si concia come un maschiaccio e ha le tempie rasate. Non ho mai capito perché i gay maschi tengono molto al fisico e alla bellezza del corpo, spesso sono più belli degli etero. Invece le lesbiche quasi sempre si imbruttiscono e si conciano male, quasi per sembrare più brutte apposta. Boh?

Anche la Bene ha un piercing al naso, ma è finto, se lo mette solo in camera quando i suoi non ci sono. Se ne vuole fare uno sull'ombelico perché è sexy. I suoi glielo permettono solo dopo che ha compiuto i quattordici anni, ma lei dice che se lo farà prima, e li metterà di fronte al fatto compiuto.

13 ottobre

Eccolo, finalmente sono entrata in possesso del libro decisivo sul sesso. L'ho preso nel vero senso della parola, non in prestito, perché mi vergognavo e non volevo che sapessero che l'ho preso. Fra l'altro non credo che me l'avrebbero dato, perché è vietato ai minori. Dice che in quello non si scherza, si descrive per filo e per segno come si fa il sesso. Tanto poi lo rimetterò a posto e nessuno si accorgerà di niente.

Si chiama 100 colpi di spazzola prima di andare a dormire *di Melissa P. Non si dice il cognome perché il libro è scandaloso. Lo leggerò di nascosto.*

Ne ho letto un pezzettino, non succede granché ma si sa, è l'introduzione. Mi chiedo come scrive questa qui: «il mare riscaldato dal sole mattutino, tenebroso, custode di una vita marina sconosciuta». Boh? Il pisello lo chiama Ignoto. La patatina la chiama Il Segreto o anche «la mia ferita». Lei si masturba sempre ma non dice come fa, poi perde la verginità con uno che si chiama Daniele. Tutto questo lo racconta nel suo diario, proprio come faccio io.

Lettura del libro proibito. Melissa a scuola, all'assemblea, conosce un altro, Roberto, ci va a letto e chiama asta il pisello in erezione, lui le dice le parolacce. Prima o poi il bello verrà, penso io, si scenderà nei dettagli.

«Le crepe davano un aspetto diafano alle pareti azzurre». Ma questa qui ci va a scuola? Eppure dice che fa le superiori.

Si ritrova con cinque maschi al buio. Che succede? Cinque pompini, ma non spiega.

Poi va con uno, Ernesto, che si veste da donna e si prostituisce. Non fanno l'amore ma lui si masturba. Poi va con un prete, che «immerge il membro nella sua spiaggia spumeggiante».

Poi va con un porco di 35 anni (che schifo!) e con un professore che le dà ripetizioni di matematica.

A pagina 86 finalmente si dice: «Vuoi fare l'amore?». «Però devi insegnarmelo». Ci siamo, penso, ma invece non si spiega niente. Solo a pagina 91 ho trovato qualcosa di utile, tre righe al massimo. Quando si monta sopra si alternano «colpi dolci a colpi secchi, duri...».

Tutto qui?

A pagina 92 dice che lo sperma di uno è dolce e zuccheroso, però prima aveva detto diversamente, che era acido e schifoso.

Di altre informazioni non ce ne sono. Lei va con uno sposato, si legano e si bendano, lei lo sevizia col tacco a spillo e col frustino. Poi il professore la lega e le dà le botte, alla fine penetrandola le dà una «steccata». Nella par-

te finale ho tirato proprio via nella lettura, perché lei trova l'amore puro di uno che si chiama come il mio babbo e che le fa la serenata sotto il balcone, e le dice «tu sei un fiore» e anche «una principessa» e «un angelo». Bleah! Quando fanno l'amore lui le scivola dentro piano. Ne deduco che quando c'è l'amore si scivola dentro piano, mentre quando c'è solo sesso si fa la «steccata».

Ma che cavolo, ho perso delle ore e non ho imparato niente!

17 ottobre

Caro diario, ti ho trascurato per un po', ma ho avuto molto da fare, per scuola.

In questi ultimi tempi non vado a casa delle mie migliori amiche, non so bene perché. Devo ammettere che non mi mancano più di tanto. È tutta colpa mia?

18 ottobre

Le disgrazie

La nostra profe di italiano non ci parla d'altro che di incidenti stradali. Sempre incidenti mortali: suoi allievi o ex allievi che si sono spiaccicati in motorino, alcuni morti, altri che sono rimasti paralizzati o scemi. Ma che ce lo racconta a fare? Fra l'altro in seconda media il motorino non ce l'ha nessuno. Inoltre ci racconta spesso con un certo gusto che la figlia di una sua conoscente, una bella ragazza di diciassette anni, si è tuffata da uno scoglio molto alto, ma il fondale era basso e lei ha preso una rincagnata nel collo ed è rimasta paraplegica sulla sedia a rotelle.

Di solito ci porta dei giornali, lei ci tiene molto che leggiamo il giornale e che ci facciamo un lavoro sopra: lettura, analisi del testo e produzione, insomma riassunto e commento. Ci porta dei ritagli oppure delle fotocopie, li distribuisce in classe, ci divide in gruppi, i soliti, e dobbiamo fare un lavoro sull'articolo di giornale.

Ieri ci ha portato degli articoli su incidenti stradali a giovani adolescenti. Alcuni erano vecchi, allora vuol dire che li mette da parte.

L'articolo che è capitato al nostro gruppo parlava di due ragazzi di sedici anni che col motorino erano finiti sotto un camion, vicino a Monza. Uno era morto subito, l'altro era finito all'ospedale in prognosi riservata, che vuol dire che non si sa se guarirà o no.

Il nostro gruppo è composto da me, la Bene, la Sofia, la Moniq, la Margona e Xu Shuen, il cinese ricco. Come al solito il lavoro dovevo farlo io, ma non sapevo cosa scriverci. Finché si è trattato di riassumere i fatti nessun problema. Tre righe. Ma il commento? Mentre io cercavo di trovare qualcosa da dire gli altri membri del gruppo si facevano i fatti loro, meglio così. Ma cosa scrivo? Che era colpa del destino? Oppure che le strade sono pericolose? Oppure che i giovani sono spericolati e sfidano la morte, ma poi, quando sono morti, non sfidano più nessuno? Io credo che la profe è lì che vuole andare a parare, ma io non ci casco.

Ho scritto che il vero pericolo sono gli anziani alla guida, cioè gli ultrasessantenni. Non hanno più i riflessi e poi fanno uso di alcol. Credo che la profe di anni ne abbia cinquantanove, così impara. Se poi ci fa delle storie dirò che quel parere l'ha espresso la Margona perché era un lavoro collettivo.

20 ottobre

L'eroismo

Su uno dei fogli di giornale che ci porta la profe di italiano leggo una notizia: su un autobus un signore ha molestato una ragazzina, infilandole una mano dentro le mutande. Lei si è messa a strillare però nessuno sull'autobus ha fatto niente: c'erano almeno cinque compagni della ragazzina, ma non hanno detto una parola, anzi prima hanno scattato delle fotografie e poi si sono messi a ridere.

Chissà cosa avrei fatto se fosse capitato a me: mi sa che avrei fatto come loro.

21 ottobre

Caro diario, oggi a scuola è successo di tutto, il caos. È venuto fuori che le mie migliori amiche hanno postato delle foto porno su Facebook, all'indirizzo di un ragazzo grande che si chiama Angelo In Canna, che dev'essere un nome falso. Insomma questo In Canna ha diffuso le foto della Bene e della Moniq nude e che facevano sesso immaginario. Le foto sono arrivate dappertutto, a scuola le hanno viste tutti.

Le mie migliori amiche oggi a scuola non ci sono venute. Un po' ci godo, così imparano a fare le cretine. Però adesso come faccio?

Che faranno, cambieranno scuola? E chi sarà poi la mia migliore amica, la Margona?

22 ottobre

Oggi è successa una tragedia. La Bene ha tentato il suicidio. Per la vergogna delle foto porno. Si voleva buttare dal cornicione. L'hanno trasmesso alla televisione. Alla fine l'hanno salvata, l'ha acchiappata un prete. Adesso non si sa cosa succederà. Io vorrei andarmene via, da questa scuola di merda, da questo quartiere di merda, da questa città di merda, dove è tutto falso. Non saprei proprio dove mi piacerebbe andare, forse i posti sono tutti di merda come questa città. Forse sarebbe bello andarsene a stare in un paesino di montagna, oppure in un bel villaggio sul mare. La città mi fa schifo. Però forse la gente è una merda anche nei paesini di montagna, o anche nei villaggi sul mare. Boh?

23 ottobre, domenica

I bambini di Pol Pot

Oggi è domenica e la mamma ci ha portato a mangiare al McDonald's e poi al cinema, incredibile. Si comporta come se avesse qualcosa da farsi perdonare.

Io però devo fare una ricerca sui bambini soldato.

La profe ci sfinisce con i bambini soldato. In Africa vengono reclutati e ammazzano tutti. Mica gli dispiace. Quando diventano più grandi alcuni si pentono.

La profe ci ha detto di fare una ricerca sui bambini soldato, la devo fare oggi, domenica. Sembra che in tutto il mondo pieno di guerre arruolino i bambini per ammazzare altri, e se uno si rifiuta ammazzano lui. I bambini non li pagano, non sono mercenari. Però possono prendere quello che trovano addosso a coloro che uccidono: con le divise troppo larghe, sembrano dei deficienti, ma hanno il kalashnikov e non guardano in faccia a nessuno.

La profe mi ha dato da leggere un libro che si chiama Allah non è mica obbligato, *si parla di bambini soldato in Liberia. Si ammazzano fra di loro.*

Navigando su internet ho trovato qualcosa sui bambini di Pol Pot. In Cambogia, tanti anni fa, il dittatore Pol Pot si fidava solo dei ragazzini, da dieci anni a quattordici: questi erano ferocissimi, ammazzavano tutti, col mitragliatore.

Perché i ragazzini sono tutti stronzi e crudeli, questo l'avevo capito anch'io, e mica solo i maschi. C'è una bambina di Pol Pot che dice di aver ammazzato più di mille persone.

Anche io penso che se ai miei compagni di classe dessero in mano un mitragliatore questi ammazzerebbero tutti, ma mica per chi sa che motivo, così, per puro divertimento. Meno male che il mitragliatore non ce l'hanno, come invece avevano i bambini di Pol Pot, che erano cattivissimi e impietosi. La pietà non sapevano neanche che cos'era e uccidevano chiunque fosse stato a scuola.

Non dovrei dirlo ma io ho sempre avuto questa impressione, i bambini sono stronzi, crudeli, se fosse per loro tutti potrebbero andare facilmente all'altro mondo, basta che loro abbiano le loro soddisfazioni.

Sono i grandi che pensano che i bambini siano buoni, e che poi diventino stronzi man mano che crescono. Boh, per me è il contrario.

Basta vedere a cosa giocano i maschi, ai videogiochi, dove fanno strage per ore di fila.

24 ottobre

Che schifo! Ma si può? Gerard Way si è tinto i capelli di rosso, sembra un deficiente. Gerard, mi hai deluso. Ti amavo ma adesso non ti amo più, fai pena coi capelli rossi, perché lo hai fatto? Sembri uno di Cologno, un tamarro.

24 ottobre

Oggi ne è successa un'altra. Hanno picchiato a morte il Papi, ma lui non è morto. Lo hanno pestato fuori della scuola, era venuto a prenderci. Dice che lo hanno scambiato per il maniaco che ha messo in rete le foto della Benedetta e della Moniq. A me non quadra, ho un altro sospetto. Secondo me quelli della droga che hanno ucciso Consonni credono che lui sappia qualcosa e allora lo volevano ammazzare, o almeno intimidire. Se parli questa è la tua fine, gli hanno fatto capire. Ma lui non può aver capito niente, perché non sa niente. Quella minaccia è rivolta a noi due. Non ne ho parlato con Gianmarco tanto lui non capisce niente e crede che non ci troveranno mai. Dice che il Papi l'hanno picchiato per via di un errore di persona e pensa di farla franca. Io invece sono sicura che prima o poi risaliranno fino a noi. Ammesso che già non sappiano tutto, e che le botte al Papi fossero un avvertimento per noi. Tutta colpa della lettera anonima che abbiamo mandato alla polizia? Allora vuol dire che quelli hanno una talpa in questura, che ha visto la lettera. Ma come hanno fatto a capire che siamo stati noi?

24 ottobre, sera

Caro diario, mi sono un po' rotta le palle anche di te. Tanto anche se scrivo quello che mi passa per la testa che cosa ci guadagno? E poi gli avevo detto al Papi di non scrivermi più lettere, almeno per il momento: non ho tempo di seguire questo epistolario, ho troppo da studiare e ora ho anche da scrivere un racconto di merda.

Non ho più da parlare delle mie migliori amiche, adesso fra me e loro non c'è più niente, e quelle a scuola non ci verranno più, è tutto finito. Alla fine non mi importa neanche di saperne di più sul sesso, tanto a che mi serve? Quelle tre cretine mi dicevano un sacco di balle, secondo me non è mica vero che hanno avuto dei rapporti sessuali. Facevano solo le imbecilli, anzi, non lo facevano, sono proprio imbecilli.

Sì, è vero, mi prendono in giro perché sono piccola di età e di statura e una volta mi hanno fatto vedere come è fatto un tampax, effettivamente quelle tre mi fanno arrabbiare, ma solo perché le invidio perché le loro famiglie hanno più soldi della mia: non che siano ricchi, gente normale, ma in confronto a noi sono ricchi sfondati, siamo noi che siamo poveri. Se ripenso a quanti soldi ci giravano in tasca, a me e a mio fratello, quando abbiamo trovato un panetto da un chilo di fumo e abbiamo cominciato a rivenderlo a pezzettini! Quelli sì che erano soldi veri! Però purtroppo a un certo punto è finita. Abbiamo dovuto re-

stituire il panetto, in un modo o nell'altro, ma chissà che fine ha fatto. Forse facevamo meglio a tenercelo. Adesso ti saluto. Vado a scrivere il racconto per il concorso. Vanità delle vanità, tutto è vanità.

Qui l'unica è cambiare aria.

Il diario finiva qui, proprio il giorno prima che arrivasse il magistrato. Ma cos'è questa storia del panetto di droga? Cioè, quale panetto di droga? Donatella, se non fosse stata priva di speranze nel profondo, si sarebbe fatta una risata. Figuriamoci, Margherita ha avuto fra le mani un panetto di droga. Beh, lo sanno tutti, i bambini nei diari si inventano le cose, hanno una gran fantasia, sognano avventure. Ma a questo punto un dubbio atroce attanagliò Donatella. Si sa, i bambini lavorano di fantasia. E se quello che racconta Margherita nel diario non fosse vero? Se fossero tutte balle? Per esempio la storia della bottiglietta di profumo?

Donatella era ancora più sbalordita e destabilizzata delle altre volte. Tornò in montagna nel Bresciano vicino a Collio Val Trompia con una sacca di mutande e canottiere umide. Pioveva a dirotto.

Il giorno 4 novembre Claudio Giorgi fu dimesso dall'ospedale. Visto che non c'era nessuno che potesse andarlo a prendere in macchina fu portato via con l'ambulanza. E dove fu trasportato, alla casa famiglia di via Cirenei? No, fu portato a casa sua, nell'appartamento 15 della casa di ringhiera di via *** al civico 14.

Lui, per quanto ancora molto dolorante e fasciato addosso e sulla testa, ancora non ci credeva. Era beato. Finalmente tornava a casa, nel suo letto, dopo più di due anni di traversie. Sì, lo avevano pestato, ma se questo era servito a fare l'ultimo passo perché fosse riaccolto in casa sua, ben venga il pestaggio.

Donatella aveva ripulito l'appartamento meglio che poteva.

Gli addetti lo aiutarono a salire le scale, lui camminava a fatica, e sulle sue condizioni fisiche calcava un po' la mano mandando segnali di sofferenza, a ogni scalino emetteva un mugolio o un sospiro. Eppure cercava di mostrare un'espressione gioiosa, pur alterata a tratti da smorfie di dolore fisico.

Entrò in casa, si guardò intorno e pianse.

Anche Donatella pianse per la commozione, e per tutta una serie di motivi che Claudio non conosceva. Non ci fu un abbraccio, sarebbe stato emotivamente troppo impegnativo.

Claudio fu accompagnato in camera, quindi gli inservienti se ne andarono, augurando al dimesso buona fortuna. Lui ringraziò e si abbandonò sul letto, oppresso dalle fitte al costato. Si guardò intorno. La stanza non era cambiata, se non per un paio di fotografie incorniciate risalenti ai tempi delle nozze che non c'erano più.

In terra c'erano una grossa valigia e un paio di borse sportive, contenevano tutta la roba di Claudio che Donatella era andata a prendere alla casa famiglia.

Quand'è che avrebbe raccontato a suo marito come stavano le cose? Avrebbe voluto farlo subito, ma non se la sentiva. Con i figli era rimasta d'accordo che gli avrebbero comunicato delle vicende giudiziarie di Gianmarco non subito, ma al momento opportuno, tutti insieme, appena lui si fosse rimesso un po' in sesto.

Quando tornarono i ragazzi da scuola Claudio li benedisse, e si mise a piangere un'altra volta. Loro gli dettero un bacino e si affrettarono in cucina. Braciola fritta e patatine surgelate. Il menù di Claudio invece era semiliquido: la deglutizione gli procurava dolori alle costole rotte. Donatella gli aveva preparato un riso in brodo con la polverina, la stessa cosa che mangiava in ospedale. Lo aiutò a pranzare, imboccandolo.

A ogni cucchiaiata Claudio rantolava piano piano.

A ogni cucchiaiata Donatella vedeva con sempre maggiore chiarezza quale sarebbe stato il suo futuro. Quello.

Ripensava a quel tipo che aveva provato a corteggiarla qualche tempo prima, quell'Adolfo che le avevano presentato suo fratello e sua cognata. Lui sembrava convinto ma lei si era chiusa a riccio, e aveva rifiutato le sue avance, che per il momento non erano neanche arrivate a un invito a cena. Lei era andata effettivamente nel panico, tanto da non rispondere neanche al telefono. Chi può sapere che sarebbe successo se lei gli avesse dato un po' di corda. Magari le cose avrebbero funzionato, meglio di ogni più rosea aspettativa, e adesso lei si sarebbe trovata in ben altra situazione: corteggiata e vezzeggiata da un tipo che in fondo non era mica male. E quindi di un ritorno di Claudio non se ne sarebbe neanche parlato. E invece lei aveva innalzato delle barriere, anche semplicemente all'approfondire una conoscenza.

Forse alla fine Adolfo avrà pensato che ero ancora troppo legata a mio marito e che speravo in un ricongiungimento. Ah.

Nei giorni seguenti il momento opportuno non arrivava mai: Claudio cominciava a sentirsi un po' meglio, Gianmarco un pomeriggio sì e due no doveva andare dall'assistente sociale, ufficialmente era dai suoi compagni, a studiare. Margherita era muta e seriosa. I due continuavano ad andare a scuola, nessuno sapeva niente, neanche la preside. Non è che a Claudio sfuggisse che in famiglia c'era qualcosa che non andava. Gianmarco era irriconoscibile, Margherita anche e Donatella sembrava essere a lutto: era per via del suo ritorno? Durante le lunghe sedute in poltrona ebbe modo di farsi mille domande. La sua presenza in casa aveva sortito effetti così traumatici? Beh, gli eventi degli ultimi tempi erano stati dolorosi per tutti, dalla pornopedofilia informatica al tentativo di suicidio, dallo scandalo al suo pestaggio. Ma c'era qualcosa che gli sfuggiva, che andava oltre. Lo impressionava soprattutto lo stato di Gianmarco, che ogni tanto si metteva a urlare frasi sconnesse.

In effetti il ragazzo stravolto lo era veramente, non riusciva a capire come fosse possibile che lo accusassero di aver creato la pagina di Angelo In Canna, con le conseguenze del caso. Avrebbe voluto spaccare tutto, ma in casa doveva starsene tranquillo e non dire niente perché c'era il papà. Ma perché ce l'avevano con lui? C'era stato un errore, oppure volevano colpirlo di proposito, forse per altre faccende, una su tutte quella del panetto di cannabis? La sua giovane mente produceva qualsiasi tipo di ipotesi, per esempio che il magistrato fosse d'accordo con gli spacciatori che avevano ucciso Consonni.

Ma forse sua madre era ancora più stravolta di lui, perché si ritrovava un figlio accusato di reati di cui la vera responsabile non era altri che lei, che però non ci poteva fare niente. Ci aveva riprovato, più volte, a cercare di convincere il giudice del Tribunale dei Minori (e altri personaggi della trafila) che era stata lei a combinare tutto quel casino. La avevano invitata ufficialmente e formalmente a desistere da questa strategia: non sarebbe servita a nulla, se non a coinvolgerla, inutilmente, come complice del figlio. Ma tutte queste cose Claudio non le sapeva: assisteva solo a quello che accadeva nell'appartamento, in lui lo stato di dolorante beatitudine dei primi momenti fu sostituito da una profonda incertezza e anche da un perplesso disorientamento.

Fra l'altro cominciava a pensare anche al fatto che nel giro di pochi giorni sarebbe tornata dalle vacanze termali la signorina Mattei-Ferri, la sua datrice di lavoro, con la quale c'era una questione aperta, perlomeno da chiarire. Perché ci arrivava anche lui a capire che la signorina non sarebbe rimasta con le mani in mano, e gli avrebbe dichiarato guerra. Non era da lei accettare lo stato di fatto che lui le aveva imposto, nel modo che sapeva lui e anche qualche lettore delle storie della casa di ringhiera.

Nel pomeriggio si faceva comunque delle grosse dormite, per recuperare il sonno che non otteneva di notte. L'avere Donatella accanto a lui, immobile e muta, lo metteva in agitazione. Quella poi teneva la luce accesa fino a ore impossibili, per leggere i suoi thriller. Nella casa famiglia c'era l'obbligo di spegnere la luce alle undici e mezza.

Una mattina per Claudio ci fu una sorpresa: era arrivata Caterina, la figlia del Consonni. Al vederla si rallegrò, credette che Caterina, di passaggio, fosse venuta a trovarlo, date le sue condizioni di salute. Lui se ne stava in poltrona, in vestaglia.

Dopo convenevoli e discorsi di circostanza – si toccò di sfuggita anche l'argomento Amedeo Consonni, le indagini sul suo assassinio avevano fatto qualche progresso? C'erano delle novità? No, aveva risposto lei seccamente – Claudio venne a sapere il reale motivo della visita. Caterina, che lavorava in una agenzia immobiliare, era lì per dare una valutazione della casa, insomma, a titolo di amicizia, esprimere una cifra. Ma perché? Claudio si stupì, ma non disse niente prima che se ne fosse andata.

Dunque perché valutare questa casa? Per metterla in vendita?

Donatella fu costretta a raccontare come stavano le cose, e spiegò l'ineluttabilità della decisione: a partire dalla questione economica.

«Claudio, io sono disposta ad accettare il tuo ritorno definitivo a casa, ormai lo sai, e lo faccio principalmente per i ragazzi. Fra me e te non c'è più niente e non ci sarà mai più niente. Ma posso prendere in considerazione l'idea che tu rientri a far parte della famiglia. Te lo meriti e l'inferno lo hai visto anche tu. Però ci metto una condizione. Potrà succedere soltanto in un'altra casa. Questa qui ci ha rovinato, economicamente ma anche personalmente. Se a te va bene la vendiamo: vale una bella cifra, è l'unico affare riuscito che abbiamo fatto.

«Poi lo sai, è meglio se cambiamo aria, per Margherita, per Gianmarco e anche per me.

«Allora ci trasferiamo da qualche altra parte. Non muore nessuno. La vendiamo, ho chiesto, ci possono dare anche 250.000 euro. Ci trasferiamo fuori, a Saronno, a Lentate, a Cantù, dove ci pare. Con 150.000 euro ci compriamo una casa più che dignitosa, e ci avanzano dei soldi per ripartire e non fare i morti di fame. I ragazzi a scuola in un paese si troveranno meglio, e io magari aggancerò un lavoro. E anche tu, cambiare aria. Il ciclo qui è finito, e la casa trasuda di brutti ricordi, almeno per me».

Claudio non se l'aspettava. Questa proprio non se l'aspettava. Andare ad abitare a Saronno? A Lentate? E perché non a Osnago? Eppure nella sua risposta fu prudente.

«Mah, davvero pensi che sia la soluzione migliore? Io a questa casa ci sono affezionato. Ed è tutto ciò che ho, economicamente».

«Abbiamo fatto un affare, ma anche un errore. Ci siamo impiccati per pagarla, e adesso non abbiamo un soldo. Ma a che serve? I nostri figli vedono un futuro di merda, non abbiamo neanche i soldi per comprargli i libri. E tutto perché? Per avere la casa di proprietà a Milano? Comunque prendere o lasciare. Il documento lo devo firmare io. Se vuoi tornare con noi ce ne andiamo da qui. Fra l'altro, hai visto? Se ne sono andati tutti via, a partire dal Consonni che è morto. Comunque hai tempo per pensarci. E poi c'è qualcos'altro che devi sapere».

E qui fu costretta a raccontargli delle vicende giudiziarie di loro figlio Gianmarco. Non si spinse fino a rivelare che era stata lei a costruire il profilo di Angelo In Canna, si limitò a dire che aveva tentato di convincere il giudice che la vera responsabile era lei, ma che quello di questa ridicola versione non ne aveva nemmeno voluto sentir parlare. Insomma gli spiegò quasi tutto, che ci sarebbe stato un processo, ma forse no, ci si fermava prima, all'udienza preliminare, non ci ho capito niente. E gli relazionò dell'assistente sociale, della situazione a scuola, in particolare che per loro era necessario se non obbligatorio cambiare aria.

«D'altronde, se guardi bene, in questo condominio è tutto finito. Verrà altra gente. È chiusa un'epoca».

Claudio ebbe bisogno di qualche giorno per assorbire la botta, poi se ne fece una ragione. Alla scadenza del suo periodo di convalescenza il medico gli dette altri quindici giorni, così il ritorno dalla signorina Mattei-Ferri non fu altro che rimandato. Ma a quel punto non valeva la pena cercare un altro lavoro dalle parti di Saronno? Anche come badante.

La talentuosa Margherita fu spinta a partecipare al concorso *Raccontare è vivere*, organizzato dal Ministero per gli alunni della Scuola Secondaria di Primo Grado, che quell'anno prevedeva come tema *I confini*. Margherita partorì, non del tutto autonomamente, un racconto che come protagonisti vedeva un bambino palestinese e un bambino figlio di coloni israeliani che parlano da un buco nel muro. La aiutarono parecchio la professoressa di italiano e anche la preside e forse anche una studentessa più grande, cioè la

Carolina, sua cugina, la figlia dello zio Dado, che faceva la quinta ginnasio.

Invece la mamma non ne sapeva niente.

Ecco il racconto, max 5.000 battute, secondo le regole del concorso.

IL MURO
di Margherita Giorgi

Yoshi si annoiava a morte. Per tutto il giorno lo lasciavano da solo, i suoi genitori avevano troppe cose da fare. Per dei coloni israeliti il tempo non basta mai e adesso stavano cercando di potare gli olivi. Ma lui si annoiava, e nelle case vicine, blindate come al fronte, altri bambini non ce n'erano. Lui andava sempre a giocare vicino al muro, un immenso muro di cemento a qualche centinaio di metri da casa sua. Lo guardava con timore. Cosa c'era dall'altra parte?

Eppure un giorno l'aveva visto. Il buco, si intende. Nel muro c'era un buco, un buco di venti o trenta centimetri di diametro. Ci guardò dentro. A occhio non si vedeva dove finiva, ma da lì arrivava aria.

Quel giorno Yoshi si annoiava più del solito. Prese un sasso e lo scagliò nel buco.

Dopo pochi secondi il sasso tornò indietro.

Allora Yoshi (che sta per Aliosha) riprese il sasso e lo rilanciò nel buco.

Il sasso dopo un po' tornò indietro un'altra volta.

«Ehi, c'è qualcuno di là?».

Nessuna risposta.

Yoshi lanciò di nuovo un sassolino nel buco.

Il sasso dopo un po' tornò a lui.

Allora prese un foglio di carta e ci scrisse sopra, in ebraico: «Ciao, sono Yoshi, e tu chi sei?». Lo avvoltolò intorno a un sasso e lo riscagliò nel buco.

Ci volle un bel po' per avere una risposta, ma arrivò.

Lo stesso foglio, sull'altro lato, riportava una scritta in arabo. Yoshi la capiva. C'era scritto: «Ciao, sono Ahmed Eddin».

Dopo le prime comunicazioni i due si misero d'accordo, e costruirono un telefono a spago, con i bicchieri di carta.

«Tu ce l'hai un bicchiere di carta?».

«Ora vedo se lo trovo».

Insomma, Yoshi nello sgabuzzino trovò un rotolo di spago. Se suo padre avesse saputo che lui ne aveva tagliato un pezzo lo avrebbe picchiato a sangue. Se poi avesse saputo che cosa ne voleva fare lo avrebbe picchiato ancora di più.

Con un filo di ferro riuscì a far arrivare il capo dello spago dall'altra parte.

«Attacca lo spago al bicchiere di carta».

«Ok».

Il primo a parlare nel bicchiere di carta fu Yoshi.

«Pronto, mi ricevi? Passo».

«Forte e chiaro. Passo».

«Forte e chiaro anch'io, passo».

«Ciao. Come stai? Quanti anni hai? Passo».

«Ciao, sto così. Ho 10 anni, e tu?».

«Io ne ho 9 e mezzo».

«Che classe fai?»

«Non vado a scuola, qui la scuola non c'è più».

«Io faccio la terza».

«E cosa fai nel tempo libero?».

«Mi annoio a morte, non so che fare, qui sono sempre solo».

«Io invece il contrario, siamo sempre in venti bambini tutti insieme, non c'è un momento di pace. Vengo qui vicino al muro perché non c'è nessuno, si sta tranquilli. Se lo sapessero i miei genitori mi punirebbero».

«Anche i miei genitori se sapessero che vengo qui mi punirebbero. Ma tanto non lo sanno».

«Che fanno i tuoi genitori?».

«I coloni».

«Ah. Diglielo, che li uccideremo tutti».

«E perché?».

«Perché ci hanno rubato le terre».

«Non è vero, erano abbandonate, e noi le abbiamo lavorate, rigenerate, adesso sono belle e ci crescono le piante».

«Anche ai tempi dei miei nonni ci crescevano le piante».

Silenzio.

Ogni pomeriggio Yoshi e Ahmed si ritrovavano, fra le cinque e le sei, a parlare col telefono a spago. Non si intendevano del tutto, ma per la maggior parte sì, in fondo le loro lingue si assomigliavano, i palestinesi un po' di ebraico lo masticano, e gli ebrei prendono tante parole dall'arabo, soprattutto le parolacce.

Si raccontavano cosa avevano fatto in mattinata, cosa dicevano i loro genitori e fratelli e sorelle. Yoshi aveva soltanto un fratello e una sorella, Ahmed fra fratelli e sorelline ne aveva otto. Ma entrambi si sentivano molto soli, perché nessuno si occupava di loro.

«A te piace più il tramonto o l'alba?» chiese Ahmed.

«A me piace il tramonto» rispose Yoshi «almeno poi si va a dormire e non ci si pensa più».

«A me piace più l'alba» pensava invece Ahmed, «è più rosa, e non si sa che cosa potrà succedere. Chi lo sa, magari ci danno dei Mig-51, e gliela facciamo vedere noi ai vostri F-16».

«Il caccia migliore di tutti è il Sukoi, con quello puoi fare la manovra del cobra».

A loro due piaceva molto parlare di aerei da guerra, ne erano dei veri esperti. Sognavano di pilotarli e di fare dei duelli aerei, uno contro l'altro. Ahmed pilotava un Sukoi 27 e gli faceva fare il volo del cobra, Yoshi pilotava un F-35, portandolo a tre volte la velocità del suono.

«Ti ho colpito».

«No, mi hai mancato».

Un giorno si immaginarono una missione congiunta, l'F-35 a fianco del Sukoi, carichi di bombe, contro un nemico intergalattico megaspaziale proveniente dagli abissi. Entrambi al telefono producevano rumori con la bocca, mitragliate ed esplosioni di razzi.

Dovettero interrompere la seduta perché si era fatto tardi, a casa li aspettavano, ma si dettero appuntamento per il giorno dopo, la battaglia contro il nemico comune non era che agli inizi.

Ma il giorno dopo ebbero entrambi una grande sorpresa. Il buco nel muro era stato chiuso, non c'era più, evidentemente qualcuno se n'era accorto e l'aveva segnalato alle autorità. I soldati ci avevano iniettato il cemento. Yoshi e Ahmed per alcuni giorni continuarono a recarsi nel solito posto, per terra ciascuno trovò il proprio bicchiere di plastica che aveva usato come un telefono. Poi smisero di tornarci e persero la voglia di immaginarsi eccezionali combattimenti aerei, contro il sole rosato.

Naturalmente Margherita vinse a mani basse il concorso *Raccontare è vivere* per studenti della Scuola Secondaria di Primo Grado. Il racconto era nettamente migliore di tutti gli altri, che pure erano quasi duecento e che non lesinavano in buoni sentimenti e in orrore per i confini, barriere artificiali istituite dagli esseri umani. Alcuni giurati, i soliti complottisti, sollevarono il dubbio che la bambina si fosse fatta aiutare, dalla professoressa o da qualcun altro, il racconto era scritto troppo bene. «Come fa questa bambina a sapere che in ebraico moderno si utilizzano le parolacce dell'arabo?». Una giurata, che caldeggiava il racconto della sua nipotina, arrivò a obiettare che quello di Margherita era più di 200 battute superiore alle 5.000 previste, e quindi andava squalificato. Ma la maggioranza delle insegnanti preposte a selezionare e valutare i testi era estasiata dalla freschezza e dalla maturità della ragazzina, che aveva così bene sviluppato il tema del concorso, mostrando l'assurdità di ogni conflitto, con gli occhi infantili che vogliono guardare altrove, nel cielo rosato. Molte avevano pianto quando avevano letto del telefono a spago ritrovato per terra.

Margherita come premio ebbe una bella targa in plexiglass col suo nome inciso a bassorilievo, costo 165 euro. Probabilmente a lei avrebbe fatto più comodo la cifra in contanti, ma questo non fu possibile. Le fu anche attribuito un buono libri del valore di 90 euro, da spendere presso la libreria *Il sogno*.

Il tentato suicidio di Alessandra *** (nome fittizio, così come fu riportato sui giornali, alias di Benedetta Mascheroni) era una messa in scena. Ormai questa circostanza sembrava essere definitivamente dimostrata, e acquisita anche dalle autorità giudiziarie.

La scoperta era stata merito di un attento cronista che aveva studiato con scrupolo il filmato andato in onda. Scoprì che la ragazza indossava, sotto la gonna, un'imbracatura da alpinismo, che era assicurata a una corda da roccia che risaliva fin dentro il bagno.

La cosa risultava ben chiara da accurati ingrandimenti, con dettagli circolettati, riproposti all'infinito in trasmissioni dedicate. Si vedeva bene il moschettone tramite il quale la corda era legata, con nodo Savoia, all'imbraco. Insomma la cosa era stata organizzata dai genitori, con la complicità di un sacerdote, quello che aveva salvato, o fatto finta di salvare, la suicida.

Sui media scoppiò un nuovo caos e una ridda di ipotesi: che fossero false anche le foto incriminate? E chi aveva ordito tutto questo casino? La famiglia? Ma a che scopo? Forse che la ragazzina voleva partecipare a un concorso, oppure a una trasmissione TV? E di nuovo dibattiti e discussioni sull'educazione dei giovani, sui valori, sulle aspirazioni delle nuove generazioni e sulle colpe di quelle vecchie.

La casa di ringhiera non è più deserta

Intanto la casa di ringhiera si era ripopolata, come per magia.

Per prima era tornata la signorina Mattei-Ferri, da Salsomaggiore. Quando venne a sapere che il suo badante, Giorgi Claudio, era convalescente dopo un pestaggio trattenne a stento, anzi non trattenne proprio, un ghigno di soddisfazione. Lei il suo badante non lo gradiva proprio e se avesse potuto se ne sarebbe liberata al più presto, tanto adesso che le avevano tolto il busto poteva tornare alla vita che faceva prima, ovvero sulla sedia a rotelle, ma quando faceva comodo a lei. Però quello là le aveva strappato l'assunzione e in qualche maniera la teneva per le palle, il bastardo. E adesso per soprammercato era tornato a casa sua, da quella disgraziata della moglie Donatella, era stato riaccolto, nonostante fosse un ubriacone inveterato e dannoso. Ma presto ci sarebbe stata la resa dei conti, e lei aveva idee brillanti, anche se per il momento un po' macchinose, su come liberarsi di quella sanguisuga che la ricattava, costasse quel che costasse.

La Mattei-Ferri riprese immediatamente il suo posto di osservazione, la sua finestra di cucina, dalla quale dominava la casa di ringhiera e tutto ciò che in essa poteva accadere. A dire il vero della vicenda delle ragazzine su FB non ne sapeva molto, oltre a quello che aveva visto per televisione. Però presto i suoi informatori le avrebbero disvelato particolari interessanti, che comunque, purtroppo per lei, non avrebbero mostrato connessioni con la famiglia Giorgi. La faceva imbestialire che il Giorgi fosse ancora a suo carico, nonostante non potesse recarsi al lavoro da lei.

E sono sempre io a pagare! si lamentava. Su questo si sbagliava perché pagava l'INAIL, ma ciò che conta è il privato sentire, e lei era sicura che il Giorgi le sbafasse lo stipendio pur dalla convalescenza.

Dalla sua finestra la Mattei-Ferri poté osservare il ritorno del Luis De Angelis, con la sua macchina decappottabile. Dove era andato in quel periodo? Dove si era nascosto, e perché? Sapeva che il vecchio aveva passato qualche guaio, era venuta perfino la polizia a cercarlo. E adesso bello bello se ne tornava, per la verità abbastanza scuro in volto. Per giunta la sua amata auto era sporca, i cerchioni non erano stati lucidati, le cromature opache. Impensabile. Che era successo? Anche qui ci voleva un supplemento di informazioni.

In effetti il Luis non sembrava nel pieno della forma. Fece scendere dalla spider quel cagnetto di merda che gli aveva lasciato in eredità il Consonni. Entrò in casa con la sua piccola valigia, un po' mesto, non certo entusiasta. Non volle salutare nessuno. Gli unici inquilini che andò a trovare furono per l'appunto i Giorgi, il De Angelis voleva avere notizie di come stava il Claudio. Ma fu di poche parole, presto si ritirò nel suo appartamento, e a cosa si dedicasse nessuno poteva saperlo.

Suo malgrado la signorina Mattei-Ferri dovette rendersi conto che erano tornati anche i peruviani. Ma, attenzione, non tutti. Soltanto le donne. Quei lazzaroni dei mariti non c'erano, se ne erano rimasti nel loro paese. E perché? La questione meritava un approfondimento, ma ce n'era un'altra, forse più urgente.

C'era un gran movimento negli appartamenti e nei vari locali di proprietà della signora Xing, una cinese avvizzita e piena di soldi che circolava su una Mercedes nera gigantesca che sembrava quella delle pompe funebri. Nei locali di sua proprietà, di solito chiusi e poco utilizzati, c'era adesso un gran fervore. Un numero indefinito di cinesi entrava e usciva nella casa di ringhiera, scaricavano casse, materiali di ogni genere, altro ne portavano via. Introducevano mobili, macchinari smontati, tavoli, attrezzature. Che cosa stavano tramando? si domandava la Mattei-Ferri. Purtroppo temeva di avere già la risposta. Stavano istituendo un simpatico laboratorio dove avrebbero lavorato 24 ore al giorno una trentina di musi gialli, che peraltro nei locali ci avrebbero anche dormito, e fatto i loro bisogni, e fritto i loro terribili involtini, senza nessun riguardo per le norme igieniche e per le regole di condominio, ammesso che ve ne fossero. Ah, ma se di questo si trattava l'avrebbero presto sentita all'assemblea di condominio: lei avrebbe chiamato la municipale, la ASL, i carabinieri.

Che disastro! Decine e decine di cinesi a sputare nella corte della casa di ringhiera! Dove si era arrivati?

A dir la verità queste erano soltanto supposizioni. Ma quante volte si era trovata a poter agire solo in ritardo, per non aver dato retta alle sue supposizioni?

A dire il vero il ritorno più eclatante agli occhi della Mattei-Ferri fu senz'altro quello di Antonio, il manovale, che non si vedeva da parecchio tempo, perché era in Germania a lavorare. Almeno secondo quello che dichiarava lui. In realtà chissà che cosa ci andava a fare quel mezzo delinquente in Germania, dai suoi fratelli o amici mafiosi. Ma l'aspetto più rilevante del ritorno di Antonio fu che non era solo. Si presentò con una ragazza tedesca, una certa Yutta, che apparentemente era la sua fidanzata. Non era un tipo da restare inosservato. Alta quasi un metro e novanta, aveva un fisico al tempo stesso statuario ed esile, con seni e natiche da antologia. Pareva una mannequin. Occhi verdissimi, capelli fra il biondo e il platino, polpacci tonici ma finissimi, insomma assomigliava sputata alla famosa modella degli anni Sessanta che rispondeva al nome di Veruschka. Come lei indossava pigiama palazzo, e la sua falcata di due metri lasciava fluttuare al vento il pantalone a zampa larghissima. Fra l'altro portava zatteroni con tacco da 10 centimetri, per cui la sua altezza raggiungeva i due metri. Antonio le arrivava a livello delle mandibole, squadrate.

Le menti degli inquilini corsero alla precedente compagna di Antonio, Erika, che era alta meno di un metro e sessanta. Quella sembrava una terruncella pelosa e rotondetta, questa sembrava una dea.

Fra l'altro parlava qualsiasi lingua possibile e immaginabile: al telefono, sul ballatoio, mentre mostrava le sue grazie, la si poteva sentire parlare francese, ovviamente tedesco, inglese e anche italiano: parlava, con un delizioso accento austriaco, anche quello, e ogni giorno migliorava. Ma da dove veniva questa qua? E dove l'aveva trovata l'Antonio? Sembrava appartenere a un mondo assai diverso dal suo. Eppure, in amore non si può mai dire, pensava il De Angelis, che probabilmente fu quello che rimase più scosso dalla nuova arrivata.

Anche gli architetti Jacopo Du Vivier e consorte, Patty Ortolani, proprietari degli appartamenti 6 e 7, fecero la loro ricomparsa. Ecco, questo la signorina Mattei-Ferri non se lo aspettava. Dopo le torbide vicende nelle quali erano stati coinvolti e svergognati, avevano tentato, corrompendo un ufficiale dei vigili del fuoco, di convincere gli inquilini che l'intera casa di ringhiera era pericolante, per mandare via tutti. Erano finiti nei guai insieme al vigile del fuoco, ma si sa, questa gente tira sempre su la testa, e adesso volevano terminare i lavori di ristrutturazione, secondo i loro standard, assai elevati. E avrebbero presto cominciato a rompere i coglioni.

Un altro inquilino di prestigio che fece la sua ricomparsa inaspettata fu Angela Mattioli e a questo ritorno la signorina Mattei-Ferri fece particolare attenzione.

Pioveva fitto alle otto e mezza di sera, quando Angela varcò l'androne della casa di ringhiera e si affacciò nella corte. Evidentemente era tornata a Milano per fatti connessi con la morte di Amedeo Consonni. C'erano degli indagati? Ci sarebbe stato un processo? Il sangue di Consonni era rimasto a lungo sul selciato, prima che Donatella Giorgi, proprio lei, si decidesse a lavarlo via con lo spazzolone e la lisciva. Si sapeva che l'appartamento del Consonni era vuoto, abbandonato. Per un po' si era pensato che ci venisse ad abitare sua figlia, Caterina, col bambino, l'Enrico, cinque anni. Ma questa proprio non se la sentiva, nonostante da anni cercasse di convincere il padre ad andarsene a stare in un bilocale, e trasferirsi lei nel bell'appartamento di ringhiera, così finemente arredato, visto che lui era stato un tappezziere con i fiocchi. Ora quell'appartamento, come aveva potuto vedere Donatella, col suo parquet antico, coi rivestimenti di sete meravigliose, i tendaggi, i cuscini di damasco, mobili in noce del Settecento lombardo, era in disuso, trascurato e in cattive condizioni, anche perché gli agenti della polizia scientifica non erano andati troppo per il sottile quando erano intervenuti, alla ricerca di qualche indizio, di qualche prova che permettesse di stabilire quali misteri si nascondessero nella vita di Consonni.

Circolavano voci che Caterina quell'appartamento volesse venderlo. Con che coraggio avrebbe riportato in quella casa l'Enrico, che adorava il nonno alla follia? Di preciso non si sapeva quale versione dei fatti fosse stata trasmessa al bambino, forse una incompleta. In ogni caso nella casa di ringhiera non si era mai più visto.

Angela, turbata all'idea di rimettere piede nel suo appartamento, pensò di andare a bussare proprio dal De Angelis, per salutarlo. Per scambiare due parole.

Si avvicinò alla porta dell'appartamento del vecchio, e fu sorpresa di notare che lui era alla finestra, semioccultato da una tendina di pizzo bianco, che guardava fuori, armato di un binocolo. Che stava osservando? Forse, come al solito, la sua BMW, per controllare che i teppisti, i bambini peruviani, non gliela stessero vandalizzando. Ma no, il binocolo non era puntato verso il basso, nella corte, bensì verso l'appartamento n. 9, quello di Antonio, cioè di Yutta, il monolocale accanto a quello del Consonni. Ad Angela parve che non ci fosse niente di particolare da osservare, forse che il Luis stava piantonando l'abitazione del Consonni, magari incaricato ufficialmente da qualcuno di dedicarsi a questa sorveglianza?

Angela suonò alla porta del De Angelis e quello ci mise un po' ad aprire, come se dovesse rimettere a posto qualche cosa.

Finalmente le aprì, senza dire niente, guardando in basso. Il cagnetto approfittò dell'apertura della porta per catapultarsi fuori.

«Vieni qui, birbante che non sei altro» fece il De Angelis non troppo convinto. Il cane pisciò sul ballatoio. Il Luis provvide immediatamente ad asciugare col Mocho Vileda, evidentemente lo teneva a disposizione, subito dietro la porta, per un'evenienza che non doveva essere rara.

«Torna subito dentro, brigante!». Il cane era già sulla via del ritorno. Annusò Angela, le fece un accenno di feste, poi rientrò per disporsi, probabilmente, al suo posto, sul divano.

«Luis, caro, quanto tempo che non ci vediamo! Come va?».

«Eh, come vuole che vada. Si invecchia sempre di più».

«Ma la trovo bene, sa?».

«Entri, entri, Angela, benvenuta, le posso offrire qualche cosa? Non faccia caso al disordine, sono tornato da poco».

Questo fu tutto ciò che si poté vedere e sentire dall'esterno. La Mattioli era entrata dentro, cosa si sarebbero detti lo sapevano solo loro.

E questo dettaglio innervosì un po' chi li stava osservando dalla sua finestra.

Dopo una mezz'oretta la porta del De Angelis si riaprì, uscì fuori come una saetta il cane, che ripisciò sul ballatoio, lo seguì Angela, con bagagli e valigie.

«Allora Luis, siamo d'accordo. Mi raccomando».

«Bene, professoressa Angela, lo faccio subito».

Ma cosa mai avrebbe dovuto fare? si chiedeva la stessa persona che osservava prima.

Angela si stava dirigendo, un po' penosamente, verso il suo appartamento quando incontrò Donatella. Fra loro solo un breve, impacciato, dialogo.

«Come sta, signora Mattioli? Che piacere rivederla... la casa è a posto, ho fatto tutto quello che mi aveva chiesto. Ci sono passata anche stamattina, ho dato un po' d'aria. Ma lei come sta?».

«Eh, che vuole... così... ma mi dica di lei, e i bambini? Come sta la Margherita? E il Gianmarco? Tutto bene a scuola?».

«Le cose vanno abbastanza bene».

«E suo marito? Come sta? Come va con il lavoro?».

«Ah, meglio, grazie. Adesso la sua posizione è stata regolarizzata. Risulta assunto e il suo stipendio è quello sindacale».

«Ma fa sempre il badante alla signorina Mattei-Ferri?».

«Beh, sì, in teoria».

«Come in teoria?».

«Il fatto è che attualmente è in convalescenza».

«In convalescenza?». Angela si immaginò che il problema fosse sempre il solito: coma epatico. «E abita sempre nella casa famiglia?».

«No, no, è qui. È tornato qui!».

«È tornato a casa?».

Per Donatella la conversazione stava diventando pesante.

«Purtroppo adesso devo salutarla, professoressa Mattioli. Quanto si trattiene? Avremo modo di fare due chiacchiere. Arrivederci, signora Mattioli».

«Arrivederci, Donatella, stia bene».

Angela non ci capì molto, ma le parve poco opportuno fare altre domande.

Olga Mattei-Ferri aveva visto Angela Mattioli che chiacchierava con Donatella Giorgi. La sedicente professoressa era certamente tornata per parlare con gli inquirenti. La Mattei-Ferri ribolliva di insoddisfazione. Certamente la Mattioli era al corrente di qualche novità. Ma che fa, sta venendo qui?

In effetti Angela stava andando a salutare la Mattei-Ferri, che aveva scorto dietro la finestra.

«Buongiorno signorina Mattei-Ferri. Allora, come va?».

«Eh, come vuole che vada? Non lo vede? Ma lei come sta? Si è ripresa dallo straziante dolore?».

L'accenno era sicuramente al fatto che, non si sa come, la Mattioli forse aveva trovato rapidamente il modo di consolarsi della perdita del Consonni, anzi il modo l'aveva trovato ben prima che il Consonni venisse a mancare.

«Dev'essere terribile la solitudine, no? Tutta sola, in questa valle di lacrime».

Come faceva quella stronza a sapere che nel suo viaggio a Bruxelles Angela aveva conosciuto qualcuno? Era a quello che si riferiva? Quella donna era veramente diabolica, aveva informazioni su tutto, difficile nasconderle qualche cosa.

Angela fece finta di non aver sentito.

«Si va avanti, si va avanti».

«E quali notizie ci porta? Ci sono novità sul povero Consonni? Hanno scoperto qualcosa?».

L'altra non si sbottonò.

«No, nessuna novità, brancolano nel buio».

«C'era da immaginarselo» bofonchiò con un mezzo sorriso la Mattei-Ferri.

«E lei signorina, come va la schiena? Quell'orribile busto lo deve portare ancora? Come vanno le sue vertebre lombari? Sono sempre terribilmente schiacciate? Le procurano ancora quei dolori insopportabili?».

Una piccola stoccata se la meritava anche quella merda della Mattei-Ferri.

«Il busto me l'hanno tolto, però i dolori sono rimasti. Un inferno».

«Mi dispiace immensamente, signorina Mattei-Ferri. Bisogna avere tanta pazienza».

«Dispiace anche a me. Ma lei, è riuscita a elaborare questo tragico lutto? Mi immagino debba essere terribile la sua situazione. Il suo "fidanzato" ucciso a fucilate, e per giunta dopo che si era preso una cotta per una ragazza giovane e bella. Non oso pensare quanto lei abbia sofferto e stia ancora soffrendo. Ma sono sicura che abbia trovato il modo di consolarsi».

Non si andava per il sottile. Angela non ce la fece a imporsi di non dirlo.

«E lei, ha ancora il badante? So che ha regolarizzato il rapporto, me l'ha detto ora ora la signora Giorgi. Ormai si è rassegnata, o mi sbaglio?».

Questa fu una vera coltellata per la Mattei-Ferri, che però assorbì il colpo e riuscì a trovare le energie per rispondere che: «Ognuno ha la sua croce».

«Adesso devo lasciarla, signorina Mattei-Ferri. Poi mi racconterà meglio della faccenda del badante. Ma io la trovo bene, sa?».

Angela era buona e cara, ma se la si stuzzicava sapeva diventare una merda anche lei.

«Che novità mi dà, signorina, sulla casa di ringhiera? È successo qualcosa di nuovo?».

La Mattei-Ferri rimuginava, trovando un appiglio per una piccola vendetta immediata.

«Beh, una piccola novità c'è, ma non so se le farà piacere conoscerla».

«E cioè?».

«È tornato l'Antonio, il manovale, dalla Germania, ha ripreso possesso dell'appartamentino 9».

«Ma questo lo sapevo già, signorina, lo sa anche lei che sono io che mi occupo della pigione di quell'appartamento».

«Sì, ma quello che lei forse non sa è che l'Antonio non è tornato solo, si è portato dietro una compagna, una compagna germanica».

«Una compagna? Questo non me lo aveva specificato».

«Ma cosa vuole che specifichi, quello lì, a stento mette due parole in fila».

«E chi sarebbe questa "compagna"?».

La Mattei-Ferri sogghignò.

«Lo chieda al De Angelis... vedrà che lui sarà in grado di farle una descrizione esauriente». In effetti al De Angelis non erano sfuggite certe qualità fisiche della compagna tedesca dell'Antonio, e soprattutto l'indole spregiudicata di questa ragazza, che a quanto pareva, al De Angelis, non aveva ritegno e tirchieria nell'esibire le sue poderose e sensuali fattezze.

«Beh, il signor Antonio dell'appartamento che ha in locazione ne fa quello che gli pare, non trova? Io in fondo ho solo l'incarico di occuparmi dei pagamenti dell'affitto e il signor Antonio...».

La Mattei-Ferri alzò gli occhi al cielo. Come dimenticarsi che la stessa ex professoressa Mattioli si era presa a cuore quel selvaggio, cercando addirittura di propinargli un corso di buone maniere?

«Come vuole lei, signora Angela».

«Beh, adesso devo proprio andare, buonanotte signorina Mattei-Ferri».

«Buonanotte a lei, Angela, e bentornata... anche se per lei deve essere ben difficile...».

Che pezzo di merda, pensava Angela mordendosi le labbra, quella fra l'altro crede di sapere tutto e non sa niente. Un giorno di questi...

Angela sapeva che ormai il momento del suo rientro a casa, che rappresentava per lei riaffacciarsi nella sua vita passata, era improcrastinabile. Alla fine del giro degli inquilini, volente o nolente, si incamminò verso il suo trilocale. Sentì dei rumori provenire dall'alto, dall'appartamento senza numero: erano i peruviani. L'apertura della porta aveva coinciso con il diffondersi, per pochi secondi, fino a che la porta non venne richiusa, di una musica sudamericana a tutto volume. La signora Flora scorse Angela e si affrettò ad andarla a salutare, mentre lei, con le chiavi in mano, stava per entrare in casa.

«Señora, como estas?».

Nella sua lingua ibrida aggiunse qualcosa come «Sono così felice di rivederla! Infatti volevo dirle che se è per l'affitto le pagheremo subito due mensilità, il resto fra pochissimo».

Aveva dei contanti in mano e voleva assolutamente infilarli nella borsa di Angela, che aveva ben altro da pensare.

«Non si preoccupi signora Flora, adesso devo rientrare a casa. Domani la vengo a trovare, e parliamo. Stanno tutti bene?»

La peruviana assunse un atteggiamento meno allegro ed espansivo e accennò qualcosa all'orecchio di Angela. La Mattei-Ferri non riuscì a decifrare un bel niente.

«Va bene Flora, ne parleremo domani. Mi raccomando, però, d'accordo?».

«Certo signora, stia tranquilla».

E perché doveva stare tranquilla? Alla Mattei-Ferri prudevano le mani. Ma prima o poi sarebbe riuscita a colmare le lacune di quelle conversazioni reticenti. Ripreso il suo posto alla finestra non poté fare a meno di notare che il De Angelis, appostato col binocolo in mano, scrutava alla ricerca di altre visioni della tedescona.

Anche Donatella era alla finestra. Fumava una sigaretta, aveva ceduto, se ne era comprata un pacchetto. Pensava ai destini della famiglia Giorgi, che aveva già ricevuto una seria proposta di acquisto per l'appartamento della casa di ringhiera, per una cifra che ammontava a duecentosettantacinquemila euro. Nel frattempo lei aveva visto molte case, terratetto, appartamenti, porzioni di villette con giardino, fra Saronno, Meda, Seregno e Lentate, con poco più della metà dei soldi ricavati dall'appartamento di ringhiera si comprava una casa dignitosa.

Donatella si era anche informata sulle scuole della zona. Per Margherita non c'erano problemi, di scuole medie ce n'erano per tutti i gusti. Per Gianmarco la mamma vedeva di buon occhio il Tecnico Commerciale o il Tecnico Industriale, o, alla peggio, il Professionale Industria e Artigianato.

Il drone quadrielica sorvolava la casa di ringhiera nell'oscurità. Ormai i condomini erano tutti a letto, le luci spente. Solo una finestra era ancora illuminata, quella della signorina Mattei-Ferri, ma questo non è indice che fosse sveglia, quella luce rimaneva sempre accesa, come a ricordare ai vicini di casa che un occhio vigile era sempre puntato su di loro. Il drone circumnavigò il rettangolo dell'edificio, poi entrò nella corte e si abbassò fino al livello del primo piano, niente di particolare da segnalare. Si soffermò per qualche secondo di fronte all'appartamento di proprietà di Caterina Consonni. Dunque si elevò di una decina di metri, evidentemente la sua missione era finita. Ruotò di 360 gradi su se stesso, come a dare un ultimo sguardo panoramico alla zona Casoretto, piazza Sire Raul. Verso est le tettoie dei depositi dei tram.

Si mosse in direzione sud-ovest, come per tornare dal suo falconiere. Ma al marchingegno successe qualcosa di imprevisto, o forse era successo al proprietario che lo pilotava, perché il drone prese velocità e sorvolando via Pacini stava per raggiungere Piola. Tutto faceva pensare che a questo punto fosse sfuggito al raggio d'azione del radiocomando, e che continuasse la sua corsa panoramica su Milano di notte senza controllo, tagliandola da nord-est a sud-ovest. La Milano notturna e relativamente tranquilla ha il suo fascino.

Via Noè, via Maiocchi, piazza Otto Novembre, il drone perse un po' di quota passando sopra lo Sheraton Diana Majestic, ben illuminato e sontuoso.

La macchia scura dei giardini pubblici Indro Montanelli, per intendersi i giardini di Porta Venezia, la sagoma imponente del Museo di Storia Naturale e poi sopra Brera, sembrava che l'aeromobile ronzante prendesse velocità, ma prima o poi le batterie si sarebbero esaurite, in effetti all'altezza del Teatro Dal Verme erano quasi a zero. Il tempo di sorvolare di pochi metri la Cattolica, sbandamenti, colpi a vuoto, che i motorini elettrici, dopo aver tossito un po', smisero di funzionare e il drone, che come si sa non ha nessuna portanza, cominciò a precipitare a spirale, come fanno le falene quando si lasciano cadere al suolo per sfuggire ai pipistrelli.

Il drone si schiantò su una Panda quattro per quattro posteggiata in via De Amicis. Probabilmente il piccolo e costoso velivolo non sarebbe mai tornato nelle mani del suo proprietario, ma anche se ci fosse tornato ci sarebbe stato ben poco da recuperare. Soprattutto la delicata telecamera a raggi infrarossi, distrutta. Chi era questo proprietario? Cosa cercava nella casa di ringhiera?

Per uno strano scherzo del destino a Milano via De Amicis è la continuazione di via Carducci. È un curioso paradosso, visto che Carducci fu il maggior detrattore dell'autore del libro *Cuore*, il best seller per eccellenza della storia dell'editoria italiana del periodo postrisorgimentale dopo Pinocchio. Carducci sfotteva Edmondo De Amicis chiamandolo «Edmondo dei languori», disgustato dalla prosa zuccherosa, melensa e sentimentalistica. De Amicis soffriva di questa cattiva critica, e talvolta reagiva con aggressività, sbandierando senza scrupoli le sue cifre di vendita. In effetti queste erano talmente alte da creare invidie mostruose nei suoi colleghi, tanto che sono circolate atroci ipotesi di pedofilia a riguardo dello scrittore che tanto amava i bambini.

Indice

Il diario segreto del cuore

Questo volume è stato stampato
su carta Palatina
delle Cartiere di Fabriano
nel mese di ottobre 2018

Stampa: Officine Grafiche soc. coop., Palermo

Legatura: LE.I.MA. s.r.l., Palermo

La memoria

Ultimi volumi pubblicati

701 Angelo Morino. Rosso taranta
702 Michele Perriera. La casa
703 Ugo Cornia. Le pratiche del disgusto
704 Luigi Filippo d'Amico. L'uomo delle contraddizioni. Pirandello visto da vicino
705 Giuseppe Scaraffia. Dizionario del dandy
706 Enrico Micheli. Italo
707 Andrea Camilleri. Le pecore e il pastore
708 Maria Attanasio. Il falsario di Caltagirone
709 Roberto Bolaño. Anversa
710 John Mortimer. Nuovi casi per l'avvocato Rumpole
711 Alicia Giménez-Bartlett. Nido vuoto
712 Toni Maraini. La lettera da Benares
713 Maj Sjöwall, Per Wahlöö. Il poliziotto che ride
714 Budd Schulberg. I disincantati
715 Alda Bruno. Germani in bellavista
716 Marco Malvaldi. La briscola in cinque
717 Andrea Camilleri. La pista di sabbia
718 Stefano Vilardo. Tutti dicono Germania Germania
719 Marcello Venturi. L'ultimo veliero
720 Augusto De Angelis. L'impronta del gatto
721 Giorgio Scerbanenco. Annalisa e il passaggio a livello
722 Anthony Trollope. La Casetta ad Allington
723 Marco Santagata. Il salto degli Orlandi
724 Ruggero Cappuccio. La notte dei due silenzi
725 Sergej Dovlatov. Il libro invisibile
726 Giorgio Bassani. I Promessi Sposi. Un esperimento
727 Andrea Camilleri. Maruzza Musumeci
728 Furio Bordon. Il canto dell'orco
729 Francesco Laudadio. Scrivano Ingannamorte
730 Louise de Vilmorin. Coco Chanel
731 Alberto Vigevani. All'ombra di mio padre

732 Alexandre Dumas. Il cavaliere di Sainte-Hermine
733 Adriano Sofri. Chi è il mio prossimo
734 Gianrico Carofiglio. L'arte del dubbio
735 Jacques Boulenger. Il romanzo di Merlino
736 Annie Vivanti. I divoratori
737 Mario Soldati. L'amico gesuita
738 Umberto Domina. La moglie che ha sbagliato cugino
739 Maj Sjöwall, Per Wahlöö. L'autopompa fantasma
740 Alexandre Dumas. Il tulipano nero
741 Giorgio Scerbanenco. Sei giorni di preavviso
742 Domenico Seminerio. Il manoscritto di Shakespeare
743 André Gorz. Lettera a D. Storia di un amore
744 Andrea Camilleri. Il campo del vasaio
745 Adriano Sofri. Contro Giuliano. Noi uomini, le donne e l'aborto
746 Luisa Adorno. Tutti qui con me
747 Carlo Flamigni. Un tranquillo paese di Romagna
748 Teresa Solana. Delitto imperfetto
749 Penelope Fitzgerald. Strategie di fuga
750 Andrea Camilleri. Il casellante
751 Mario Soldati. ah! il Mundial!
752 Giuseppe Bonarivi. La divina foresta
753 Maria Savi-Lopez. Leggende del mare
754 Francisco García Pavón. Il regno di Witiza
755 Augusto De Angelis. Giobbe Tuama & C.
756 Eduardo Rebulla. La misura delle cose
757 Maj Sjöwall, Per Wahlöö. Omicidio al Savoy
758 Gaetano Savatteri. Uno per tutti
759 Eugenio Baroncelli. Libro di candele
760 Bill James. Protezione
761 Marco Malvaldi. Il gioco delle tre carte
762 Giorgio Scerbanenco. La bambola cieca
763 Danilo Dolci. Racconti siciliani
764 Andrea Camilleri. L'età del dubbio
765 Carmelo Samonà. Fratelli
766 Jacques Boulenger. Lancillotto del Lago
767 Hans Fallada. E adesso, pover'uomo?
768 Alda Bruno. Tacchino farcito
769 Gian Carlo Fusco. La Legione straniera
770 Piero Calamandrei. Per la scuola
771 Michèle Lesbre. Il canapé rosso
772 Adriano Sofri. La notte che Pinelli
773 Sergej Dovlatov. Il giornale invisibile
774 Tullio Kezich. Noi che abbiamo fatto La dolce vita
775 Mario Soldati. Corrispondenti di guerra
776 Maj Sjöwall, Per Wahlöö. L'uomo che andò in fumo
777 Andrea Camilleri. Il sonaglio
778 Michele Perriera. I nostri tempi

779 Alberto Vigevani. Il battello per Kew
780 Alicia Giménez-Bartlett. Il silenzio dei chiostri
781 Angelo Morino. Quando internet non c'era
782 Augusto De Angelis. Il banchiere assassinato
783 Michel Maffesoli. Icone d'oggi
784 Mehmet Murat Somer. Scandaloso omicidio a Istanbul
785 Francesco Recami. Il ragazzo che leggeva Maigret
786 Bill James. Confessione
787 Roberto Bolaño. I detective selvaggi
788 Giorgio Scerbanenco. Nessuno è colpevole
789 Andrea Camilleri. La danza del gabbiano
790 Giuseppe Bonaviri. Notti sull'altura
791 Giuseppe Tornatore. Baarìa
792 Alicia Giménez-Bartlett. Una stanza tutta per gli altri
793 Furio Bordon. A gentile richiesta
794 Davide Camarrone. Questo è un uomo
795 Andrea Camilleri. La rizzagliata
796 Jacques Bonnet. I fantasmi delle biblioteche
797 Marek Edelman. C'era l'amore nel ghetto
798 Danilo Dolci. Banditi a Partinico
799 Vicki Baum. Grand Hotel
800
801 Anthony Trollope. Le ultime cronache del Barset
802 Arnoldo Foà. Autobiografia di un artista burbero
803 Herta Müller. Lo sguardo estraneo
804 Gianrico Carofiglio. Le perfezioni provvisorie
805 Gian Mauro Costa. Il libro di legno
806 Carlo Flamigni. Circostanze casuali
807 Maj Sjöwall, Per Wahlöö. L'uomo sul tetto
808 Herta Müller. Cristina e il suo doppio
809 Martin Suter. L'ultimo dei Weynfeldt
810 Andrea Camilleri. Il nipote del Negus
811 Teresa Solana. Scorciatoia per il paradiso
812 Francesco M. Cataluccio. Vado a vedere se di là è meglio
813 Allen S. Weiss. Baudelaire cerca gloria
814 Thornton Wilder. Idi di marzo
815 Esmahan Aykol. Hotel Bosforo
816 Davide Enia. Italia-Brasile 3 a 2
817 Giorgio Scerbanenco. L'antro dei filosofi
818 Pietro Grossi. Martini
819 Budd Schulberg. Fronte del porto
820 Andrea Camilleri. La caccia al tesoro
821 Marco Malvaldi. Il re dei giochi
822 Francisco García Pavón. Le sorelle scarlatte
823 Colin Dexter. L'ultima corsa per Woodstock
824 Augusto De Angelis. Sei donne e un libro
825 Giuseppe Bonaviri. L'enorme tempo

826 Bill James. Club
827 Alicia Giménez-Bartlett. Vita sentimentale di un camionista
828 Maj Sjöwall, Per Wahlöö. La camera chiusa
829 Andrea Molesini. Non tutti i bastardi sono di Vienna
830 Michèle Lesbre. Nina per caso
831 Herta Müller. In trappola
832 Hans Fallada. Ognuno muore solo
833 Andrea Camilleri. Il sorriso di Angelica
834 Eugenio Baroncelli. Mosche d'inverno
835 Margaret Doody. Aristotele e i delitti d'Egitto
836 Sergej Dovlatov. La filiale
837 Anthony Trollope. La vita oggi
838 Martin Suter. Com'è piccolo il mondo!
839 Marco Malvaldi. Odore di chiuso
840 Giorgio Scerbanenco. Il cane che parla
841 Festa per Elsa
842 Paul Léautaud. Amori
843 Claudio Coletta. Viale del Policlinico
844 Luigi Pirandello. Racconti per una sera a teatro
845 Andrea Camilleri. Gran Circo Taddei e altre storie di Vigàta
846 Paolo Di Stefano. La catastròfa. Marcinelle 8 agosto 1956
847 Carlo Flamigni. Senso comune
848 Antonio Tabucchi. Racconti con figure
849 Esmahan Aykol. Appartamento a Istanbul
850 Francesco M. Cataluccio. Chernobyl
851 Colin Dexter. Al momento della scomparsa la ragazza indossava
852 Simonetta Agnello Hornby. Un filo d'olio
853 Lawrence Block. L'Ottavo Passo
854 Carlos María Domínguez. La casa di carta
855 Luciano Canfora. La meravigliosa storia del falso Artemidoro
856 Ben Pastor. Il Signore delle cento ossa
857 Francesco Recami. La casa di ringhiera
858 Andrea Camilleri. Il gioco degli specchi
859 Giorgio Scerbanenco. Lo scandalo dell'osservatorio astronomico
860 Carla Melazzini. Insegnare al principe di Danimarca
861 Bill James. Rose, rose
862 Roberto Bolaño, A. G. Porta. Consigli di un discepolo di Jim Morrison a un fanatico di Joyce
863 Stefano Benni. La traccia dell'angelo
864 Martin Suter. Allmen e le libellule
865 Giorgio Scerbanenco. Nebbia sul Naviglio e altri racconti gialli e neri
866 Danilo Dolci. Processo all'articolo 4
867 Maj Sjöwall, Per Wahlöö. Terroristi
868 Ricardo Romero. La sindrome di Rasputin
869 Alicia Giménez-Bartlett. Giorni d'amore e inganno
870 Andrea Camilleri. La setta degli angeli
871 Guglielmo Petroni. Il nome delle parole

872 Giorgio Fontana. Per legge superiore
873 Anthony Trollope. Lady Anna
874 Gian Mauro Costa, Carlo Flamigni, Alicia Giménez-Bartlett, Marco Malvaldi, Ben Pastor, Santo Piazzese, Francesco Recami. Un Natale in giallo
875 Marco Malvaldi. La carta più alta
876 Franz Zeise. L'Armada
877 Colin Dexter. Il mondo silenzioso di Nicholas Quinn
878 Salvatore Silvano Nigro. Il Principe fulvo
879 Ben Pastor. Lumen
880 Dante Troisi. Diario di un giudice
881 Ginevra Bompiani. La stazione termale
882 Andrea Camilleri. La Regina di Pomerania e altre storie di Vigàta
883 Tom Stoppard. La sponda dell'utopia
884 Bill James. Il detective è morto
885 Margaret Doody. Aristotele e la favola dei due corvi bianchi
886 Hans Fallada. Nel mio paese straniero
887 Esmahan Aykol. Divorzio alla turca
888 Angelo Morino. Il film della sua vita
889 Eugenio Baroncelli. Falene. 237 vite quasi perfette
890 Francesco Recami. Gli scheletri nell'armadio
891 Teresa Solana. Sette casi di sangue e una storia d'amore
892 Daria Galateria. Scritti galeotti
893 Andrea Camilleri. Una lama di luce
894 Martin Suter. Allmen e il diamante rosa
895 Carlo Flamigni. Giallo uovo
896 Maj Sjöwall, Per Wahlöö. Il milionario
897 Gian Mauro Costa. Festa di piazza
898 Gianni Bonina. I sette giorni di Allah
899 Carlo María Domínguez. La costa cieca
900
901 Colin Dexter. Niente vacanze per l'ispettore Morse
902 Francesco M. Cataluccio. L'ambaradan delle quisquiglie
903 Giuseppe Barbera. Conca d'oro
904 Andrea Camilleri. Una voce di notte
905 Giuseppe Scaraffia. I piaceri dei grandi
906 Sergio Valzania. La Bolla d'oro
907 Héctor Abad Faciolince. Trattato di culinaria per donne tristi
908 Mario Giorgianni. La forma della sorte
909 Marco Malvaldi. Milioni di milioni
910 Bill James. Il mattatore
911 Esmahan Aykol, Andrea Camilleri, Gian Mauro Costa, Marco Malvaldi, Antonio Manzini, Francesco Recami. Capodanno in giallo
912 Alicia Giménez-Bartlett. Gli onori di casa
913 Giuseppe Tornatore. La migliore offerta
914 Vincenzo Consolo. Esercizi di cronaca
915 Stanisław Lem. Solaris

916 Antonio Manzini. Pista nera
917 Xiao Bai. Intrigo a Shanghai
918 Ben Pastor. Il cielo di stagno
919 Andrea Camilleri. La rivoluzione della luna
920 Colin Dexter. L'ispettore Morse e le morti di Jericho
921 Paolo Di Stefano. Giallo d'Avola
922 Francesco M. Cataluccio. La memoria degli Uffizi
923 Alan Bradley. Aringhe rosse senza mostarda
924 Davide Enia. maggio '43
925 Andrea Molesini. La primavera del lupo
926 Eugenio Baroncelli. Pagine bianche. 55 libri che non ho scritto
927 Roberto Mazzucco. I sicari di Trastevere
928 Ignazio Buttitta. La peddi nova
929 Andrea Camilleri. Un covo di vipere
930 Lawrence Block. Un'altra notte a Brooklyn
931 Francesco Recami. Il segreto di Angela
932 Andrea Camilleri, Gian Mauro Costa, Alicia Giménez-Bartlett, Marco Malvaldi, Antonio Manzini, Francesco Recami. Ferragosto in giallo
933 Alicia Giménez-Bartlett. Segreta Penelope
934 Bill James. Tip Top
935 Davide Camarrone. L'ultima indagine del Commissario
936 Storie della Resistenza
937 John Glassco. Memorie di Montparnasse
938 Marco Malvaldi. Argento vivo
939 Andrea Camilleri. La banda Sacco
940 Ben Pastor. Luna bugiarda
941 Santo Piazzese. Blues di mezz'autunno
942 Alan Bradley. Il Natale di Flavia de Luce
943 Margaret Doody. Aristotele nel regno di Alessandro
944 Maurizio de Giovanni, Alicia Giménez-Bartlett, Bill James, Marco Malvaldi, Antonio Manzini, Francesco Recami. Regalo di Natale
945 Anthony Trollope. Orley Farm
946 Adriano Sofri. Machiavelli, Tupac e la Principessa
947 Antonio Manzini. La costola di Adamo
948 Lorenza Mazzetti. Diario londinese
949 Gian Mauro Costa, Alicia Giménez-Bartlett, Marco Malvaldi, Antonio Manzini, Francesco Recami. Carnevale in giallo
950 Marco Steiner. Il corvo di pietra
951 Colin Dexter. Il mistero del terzo miglio
952 Jennifer Worth. Chiamate la levatrice
953 Andrea Camilleri. Inseguendo un'ombra
954 Nicola Fantini, Laura Pariani. Nostra Signora degli scorpioni
955 Davide Camarrone. Lampaduza
956 José Roman. Chez Maxim's. Ricordi di un fattorino
957 Luciano Canfora. 1914
958 Alessandro Robecchi. Questa non è una canzone d'amore
959 Gian Mauro Costa. L'ultima scommessa

960 Giorgio Fontana. Morte di un uomo felice
961 Andrea Molesini. Presagio
962 La partita di pallone. Storie di calcio
963 Andrea Camilleri. La piramide di fango
964 Beda Romano. Il ragazzo di Erfurt
965 Anthony Trollope. Il Primo Ministro
966 Francesco Recami. Il caso Kakoiannis-Sforza
967 Alan Bradley. A spasso tra le tombe
968 Claudio Coletta. Amstel blues
969 Alicia Giménez-Bartlett, Marco Malvaldi, Antonio Manzini, Francesco Recami, Alessandro Robecchi, Gaetano Savatteri. Vacanze in giallo
970 Carlo Flamigni. La compagnia di Ramazzotto
971 Alicia Giménez-Bartlett. Dove nessuno ti troverà
972 Colin Dexter. Il segreto della camera 3
973 Adriano Sofri. Reagì Mauro Rostagno sorridendo
974 Augusto De Angelis. Il canotto insanguinato
975 Esmahan Aykol. Tango a Istanbul
976 Josefina Aldecoa. Storia di una maestra
977 Marco Malvaldi. Il telefono senza fili
978 Franco Lorenzoni. I bambini pensano grande
979 Eugenio Baroncelli. Gli incantevoli scarti. Cento romanzi di cento parole
980 Andrea Camilleri. Morte in mare aperto e altre indagini del giovane Montalbano
981 Ben Pastor. La strada per Itaca
982 Esmahan Aykol, Alan Bradley, Gian Mauro Costa, Maurizio de Giovanni, Nicola Fantini e Laura Pariani, Alicia Giménez-Bartlett, Francesco Recami. La scuola in giallo
983 Antonio Manzini. Non è stagione
984 Antoine de Saint-Exupéry. Il Piccolo Principe
985 Martin Suter. Allmen e le dalie
986 Piero Violante. Swinging Palermo
987 Marco Balzano, Francesco M. Cataluccio, Neige De Benedetti, Paolo Di Stefano, Giorgio Fontana, Helena Janeczek. Milano
988 Colin Dexter. La fanciulla è morta
989 Manuel Vázquez Montalbán. Galíndez
990 Federico Maria Sardelli. L'affare Vivaldi
991 Alessandro Robecchi. Dove sei stanotte
992 Nicola Fantini e Laura Pariani, Marco Malvaldi, Dominique Manotti, Antonio Manzini, Francesco Recami, Gaetano Savatteri. La crisi in giallo
993 Jennifer. Worth. Tra le vite di Londra
994 Hai voluto la bicicletta. Il piacere della fatica
995 Alan Bradley. Un segreto per Flavia de Luce
996 Giampaolo Simi. Cosa resta di noi
997 Alessandro Barbero. Il divano di Istanbul

998 Scott Spencer. Un amore senza fine
999 Antonio Tabucchi. La nostalgia del possibile
1000 La memoria di Elvira
1001 Andrea Camilleri. La giostra degli scambi
1002 Enrico Deaglio. Storia vera e terribile tra Sicilia e America
1003 Francesco Recami. L'uomo con la valigia
1004 Fabio Stassi. Fumisteria
1005 Alicia Giménez-Bartlett, Marco Malvaldi, Antonio Manzini, Santo Piazzese, Francesco Recami, Gaetano Savatteri. Turisti in giallo
1006 Bill James. Un taglio radicale
1007 Alexander Langer. Il viaggiatore leggero. Scritti 1961-1995
1008 Antonio Manzini. Era di maggio
1009 Alicia Giménez-Bartlett. Sei casi per Petra Delicado
1010 Ben Pastor. Kaputt Mundi
1011 Nino Vetri. Il Michelangelo
1012 Andrea Camilleri. Le vichinghe volanti e altre storie d'amore a Vigàta
1013Elvio Fassone. Fine pena: ora
1014 Dominique Manotti. Oro nero
1015 Marco Steiner. Oltremare
1016 Marco Malvaldi. Buchi nella sabbia
1017 Pamela Lyndon Travers. Zia Sass
1018 Giosuè Calaciura, Gianni Di Gregorio, Antonio Manzini, Fabio Stassi, Giordano Tedoldi, Chiara Valerio. Storie dalla città eterna
1019 Giuseppe Tornatore. La corrispondenza
1020 Rudi Assuntino, Wlodek Goldkorn. Il guardiano. Marek Edelman racconta
1021 Antonio Manzini. Cinque indagini romane per Rocco Schiavone
1022 Lodovico Festa. La provvidenza rossa
1023 Giuseppe Scaraffia. Il demone della frivolezza
1024 Colin Dexter. Il gioiello che era nostro
1025 Alessandro Robecchi. Di rabbia e di vento
1026 Yasmina Khadra. L'attentato
1027 Maj Sjöwall, Tomas Ross. La donna che sembrava Greta Garbo
1028 Daria Galateria. L'etichetta alla corte di Versailles. Dizionario dei privilegi nell'età del Re Sole
1029 Marco Balzano. Il figlio del figlio
1030 Marco Malvaldi. La battaglia navale
1031 Fabio Stassi. La lettrice scomparsa
1032 Esmahan Aykol, Gian Mauro Costa, Alicia Giménez-Bartlett, Marco Malvaldi, Antonio Manzini, Francesco Recami, Gaetano Savatteri. Il calcio in giallo
1033 Sergej Dovlatov. Taccuini
1034 Andrea Camilleri. L'altro capo del filo
1035 Francesco Recami. Morte di un ex tappezziere
1036 Alan Bradley. Flavia de Luce e il delitto nel campo dei cetrioli
1037 Manuel Vázquez Montalbán. Io, Franco
1038 Antonio Manzini. 7-7-2007

1039 Luigi Natoli. I Beati Paoli
1040 Gaetano Savatteri. La fabbrica delle stelle
1041 Giorgio Fontana. Un solo paradiso
1042 Dominique Manotti. Il sentiero della speranza
1043 Marco Malvaldi. Sei casi al BarLume
1044 Ben Pastor. I piccoli fuochi
1045 Luciano Canfora. 1956. L'anno spartiacque
1046 Andrea Camilleri. La cappella di famiglia e altre storie di Vigàta
1047 Nicola Fantini, Laura Pariani. Che Guevara aveva un gallo
1048 Colin Dexter. La strada nel bosco
1049 Claudio Coletta. Il manoscritto di Dante
1050 Giosuè Calaciura, Andrea Camilleri, Francesco M. Cataluccio, Alicia Giménez-Bartlett, Antonio Manzini, Francesco Recami, Fabio Stassi. Storie di Natale
1051 Alessandro Robecchi. Torto marcio
1052 Bill James. Uccidimi
1053 Alan Bradley. La morte non è cosa per ragazzine
1054 Émile Zola. Il denaro
1055 Andrea Camilleri. La mossa del cavallo
1056 Francesco Recami. Commedia nera n. 1
1057 Marco Consentino, Domenico Dodaro, Luigi Panella. I fantasmi dell'Impero
1058 Dominique Manotti. Le mani su Parigi
1059 Antonio Manzini. La giostra dei criceti
1060 Gaetano Savatteri. La congiura dei loquaci
1061 Sergio Valzania. Sparta e Atene. Il racconto di una guerra
1062 Heinz Rein. Berlino. Ultimo atto
1063 Honoré de Balzac. Albert Savarus
1064 Alicia Giménez-Bartlett, Marco Malvaldi, Antonio Manzini, Francesco Recami, Alessandro Robecchi, Gaetano Savatteri. Viaggiare in giallo
1065 Fabio Stassi. Angelica e le comete
1066 Andrea Camilleri. La rete di protezione
1067 Ben Pastor. Il morto in piazza
1068 Luigi Natoli. Coriolano della Floresta
1069 Francesco Recami. Sei storie della casa di ringhiera
1070 Giampaolo Simi. La ragazza sbagliata
1071 Alessandro Barbero. Federico il Grande
1072 Colin Dexter. Le figlie di Caino
1073 Antonio Manzini. Pulvis et umbra
1074 Jennifer Worth. Le ultime levatrici dell'East End
1075 Tiberio Mitri. La botta in testa
1076 Francesco Recami. L'errore di Platini
1077 Marco Malvaldi. Negli occhi di chi guarda
1078 Pietro Grossi. Pugni
1079 Edgardo Franzosini. Il mangiatore di carta. Alcuni anni della vita di Johann Ernst Biren

1080 Alan Bradley. Flavia de Luce e il cadavere nel camino
1081 Anthony Trollope. Potete perdonarla?
1082 Andrea Camilleri. Un mese con Montalbano
1083 Emilio Isgrò. Autocurriculum
1084 Cyril Hare. Un delitto inglese
1085 Simonetta Agnello Hornby, Esmahan Aykol, Andrea Camilleri, Gian Mauro Costa, Alicia Giménez-Bartlett, Marco Malvaldi, Antonio Manzini, Santo Piazzese, Francesco Recami, Alessandro Robecchi, Gaetano Savatteri, Fabio Stassi. Un anno in giallo
1086 Alessandro Robecchi. Follia maggiore
1087 S. N. Behrman. Duveen. Il re degli antiquari
1088 Andrea Camilleri. La scomparsa di Patò
1089 Gian Mauro Costa. Stella o croce
1090 Adriano Sofri. Una variazione di Kafka
1091 Giuseppe Tornatore, Massimo De Rita. Leningrado
1092 Alicia Giménez-Bartlett. Mio caro serial killer
1093 Walter Kempowski. Tutto per nulla
1094 Francesco Recami. La clinica Riposo & Pace. Commedia nera n. 2
1095 Margaret Doody. Aristotele e la Casa dei Venti
1096 Antonio Manzini. L'anello mancante. Cinque indagini di Rocco Schiavone
1097 Maria Attanasio. La ragazza di Marsiglia
1098 Duško Popov. Spia contro spia
1099 Fabio Stassi. Ogni coincidenza ha un'anima
1100
1101 Andrea Camilleri. Il metodo Catalanotti
1102 Giampaolo Simi. Come una famiglia
1103 P. T. Barnum. Battaglie e trionfi. Quarant'anni di ricordi
1104 Colin Dexter. La morte mi è vicina
1105 Marco Malvaldi. A bocce ferme
1106 Enrico Deaglio. La zia Irene e l'anarchico Tresca
1107 Len Deighton. SS-GB. I nazisti occupano Londra
1108 Maksim Gor'kij. Lenin, un uomo
1109 Ben Pastor. La notte delle stelle cadenti
1110 Antonio Manzini. Fate il vostro gioco
1111 Andrea Camilleri. Gli arancini di Montalbano